單位人

劉第紅　著

本小說純屬虛構，請勿對號入座。

人物表

總編輯——鄭總

常務副總編輯——傅總

編輯部原主任——老黃

總編辦主任——貞姐

編輯——方姐

編輯——倪姐

編輯——小王

編務——小秦

事業發展中心負責人——麋姐

編輯部新來的副總編——段總

首任社長——張社長

目錄

單位人

1. 我雖然死了，但是我還活著……（老黃）

我雖然死了，但是我還活著……

當我的屍體被送進焚屍爐之後，我化成了一縷青煙，嫋嫋地飄蕩在空中。我看得見你們，儘管你們看不見我的存在。

俯視芸芸眾生，熙來攘往，腳步匆匆，他們在追逐什麼呢？無非是兩個字——"名"與"利"。他們被名利的大霧迷住了雙眼，看不清人生的本來面目，雙腳仿佛被施了魔咒，時刻不停地往前趕。直到有一天，嘭的碰上冰冷厚重的牆壁，死神大喝一聲擋住去路，此時方如夢初醒，可悔之晚也。好比乘坐北京地鐵一號線：途經國貿，羨慕繁華；途經天安門，幻想權力；途經金融街，夢想發財；途經公主墳，遙想華麗家族；途經玉泉路，依然雄心勃勃……這時有個聲音飄然入耳：乘客，您好，八寶山到了！

他們活著的時候，以為自己會長生不老；死了的時候，又覺得自己從未活過。

說心裡話，我很同情他們，甚至想以過來人的身份，好好跟他們聊一聊。

可我很快就打消了這個念頭，我似乎聽到了貞姐的議論："瞧自己是怎麼死的吧，還有臉皮教導別人？才當一個芝麻大點的'官'，人就黃了……"我甚至看到了她浮在嘴邊的笑容。

在競聘編輯部主任時，我和貞姐都是候選人。我出身寒門，無依無靠，惟有拼命地采寫、發稿，早就成了編輯部的頂樑柱，成了傅總的左膀右臂。單純從業務角度來衡量，這個位置非我莫屬。但是貞姐有背景，有後臺，據說人家的舅舅是省委宣傳部的副部長。從關係的角度看，這個位置明擺著又是她的。人貴有自知之明，我產生了退出之意。狗屁大的"官"，誰稀罕誰當去，老子不陪你們玩了。而傅總卻耐心地做我的思想工作："我們是業務部門，需要真刀實槍幹活的人。沒有金鋼鑽，怎攬瓷器活？他們要搞任人唯親，就去其他單位其他崗位上搞吧。"我對他的話將信將疑。結果出乎意外，坐上編輯部主任位置的是我。聽說，傅總在背後據理力爭，若是貞姐當了編輯部主任，他就辭去常務副總編輯的職務。為了安慰一下貞姐，讓她當了總編辦主任，儘管之前沒設這個職位。職位嘛，反正可以因人而設。鄭總想拍領導的馬屁沒拍成，他跟傅總的梁子結得更深了。

傅總力挺我，也是有他的考量的。一般來說，在一個單位裡，一哥和二哥往往不和，即使看起來一團和氣的，也是面和心不和。碰上一哥和二哥團結的，那是單位全體員工八輩子燒香燒來的福氣。鄭總和傅總一直是冤家對頭。他們一對一單挑的時候，兩人都有輸有贏，難分勝負。要決出勝負，關鍵看誰的陣營強大。傅總看到貞姐跟鄭總走得很近，惟恐他們聯合起來，心裡就有點發慌。貞姐是一個重量級砝碼，她如果倒向鄭總那邊，他們爭鬥的天平很快就會失去平衡。這是他極力排斥貞姐而推舉我的真正原因。

俗話說：“士為知己者死，女為悅己者容。”我上任後，工作更加拼命，經常夜以繼日，惟恐辜負了領導的信任與期望。功夫不負有心人，刊物品質如芝麻開花節節高，讀者好評如潮，各種榮譽稱號像冬天的鵝毛大雪，紛紛飄落在我的身上。

正處春風得意馬蹄疾的時候，我病倒了。去醫院檢查，竟然是癌症，我的臉一下子全綠了。

才一個科長，就把自己整上了絕路。要是當個廳官，自己不知得死多少回。如果不當什麼主任，甘心作平頭百姓，或許還能活得久一些。一些宿命論的俗語，在我腦海裡像霓虹燈一樣閃爍：命裡有時終須有，命裡無時莫強求。命裡只有八斗米，走遍天下難滿升。

躺在病床上的日子，是我生命中最為閒暇的時光，我得以思考生命本身的意義。平時忙忙碌碌，似乎沒有時間思考這麼哲學的問題。

我們所有的人，都在馬不停蹄、日夜兼程地趕赴死亡的約會，只是約會的時間不同而已。人世間有許多不平等，惟有死亡是平等的。在生的途路上，我們到底要做什麼呢？為了名譽、地位、金錢，人們幾乎耗去了全部生命。而這些外在的東西，無非過眼雲煙。每個人總是赤條條地來，又赤條條地走。錢財不過是身外之物，生不帶來，死不帶走。最值得做的，應該拋開一切外在的東西，理解、關注、享受生命本身。

認識到這一點的時候，我知道我的時日不多了，但我死而無憾。子曰：“朝聞道，夕死可矣。”我留給世界的最後一句話是：“雖死之日，猶生之年。”

遺憾的是，有太多太多的人仍然執迷不悟。在看我來，某些活著的人，也不過是在行屍走肉。“有的人活著／他已經死了；有的人死了／他還活著。”

在我的追悼會上，鄭總一個勁地誇我，溢美之詞好比黃河氾濫，一發不可收拾。他大概心想，反正不花錢，多說一些死者聽了也覺得舒服。假使要花錢的話，他可能沒那麼大方了。吝嗇鬼、“鐵公雞”我見過，像他這樣的吝嗇鬼、“鐵公雞”我還是第一次見。我聽得面紅耳赤，羞愧至極，真想站起來，握著鄭總的手，說：“哪裡，哪裡！您過獎了！”

不過，他說我的辭世，是單位的重大損失，這倒實事求是。癌症病人進醫院，等於燒錢。為了給我支付醫療費，單位真金白銀燒掉了幾十萬塊。單位雖是事業單位，但是獨立核算，自主經營，自負盈虧。我們當面稱一哥為鄭總，背後卻稱他為鄭老闆。他是一個守財奴，掉一根汗毛都要心痛半天，為我支付巨額的醫療費用無異於剜掉他幾塊心頭肉。但他又不能不支持我治療，否則，背負一個“見死不救”的罪名也是夠他受的了。他來醫院看我時，嘴巴上希望我安心治病，心裡頭卻巴不得我早一點死去。可我的身體好像故意跟他作對似的，還能夠苟延殘喘，這對他來說是一種折磨。揣摩到他內心痛苦而又無可言說，我就忍不住想笑。我有時想，反正是要死的，骨灰盒都望得到了，那就“仁慈”一點，早點死去，多幾天少幾天無所謂，免得浪費寶貴的醫療資源，免得鄭總備受煎熬。鄭總說不定在心裡嘀咕：“瞧這個人，死得一點都不乾脆，拖泥帶水的……”

臨死的時候都沒給他留個好印象。可是死不死，什麼時候死，不是我說了算的事，這是閻王老子的"業務範圍"。俗話說："生死有命，富貴在天。"

　　他表面上還要裝出一副仁義慷慨的樣子，並四處宣講自己的美德。在跟雷廳長彙報工作時，他順便講了這樁善舉。雷廳長誇他："你做得對！生命重於泰山，以人為本嘛。"不過相比幾十萬塊損失的痛苦，一句廉價的表揚實在太輕飄了。

　　在追悼會現場，我看到了貞姐眼角的淚花。難道是我的死促成了她的警醒——我的今天，就是她的明天？與其說她是在哭我，那還不如說她是在哭自己。抑或，那是一個勝利者微笑的淚。在我同她的競爭中，她最終成了贏家。不過，在同時間的賽跑中，所有的人都是輸家。人生就像打電話，不是你先掛，就是我先掛。"古來多少英雄漢，南北山上臥土泥。""古今將相在何方，荒塚一堆草沒了。"活著是偶然的，死亡是必然的。人生苦短，且行且珍惜！

　　追悼會一結束，我就趕緊撤退，好騰出地方來給下一位朋友，讓他接受世人最後的告別。那地方我不能呆太久，免得人家等得不耐煩，也免得火葬場的工作人員不高興。

　　花圈上，我的名字墨蹟未乾，轉眼之間就寫上了別人的名字。最高興的莫過於賣花圈的人，同一個花圈，可以轉賣給不同的人。時光的輪子一轉，薄紙就變成了紙幣，這生意不是印鈔票，勝似印鈔票。死人的錢還是蠻好賺的，只是名聲有點不好聽罷了。在這個年頭，名聲又值幾個錢？管它白貓黑貓，捉到老鼠就是好貓。

　　我火化後的第二天，太陽照樣升起。我已不在江湖，但江湖上還有我的傳說……

2. 我終於明白，老黃是怎麼死的了。
（貞姐）

老黃走後，編輯部主任的位置便如罈子裡捉烏龜，手到擒來。我表面上為他的英年早逝感到惋惜，心裡頭卻掩飾不住興奮。

儘管總編室主任與編輯部主任是同級，但編輯部是核心部門，這種小廟的總編室根本不可與大報社的總編室相提並論，它的工作完全可以分解到辦公室，單位若要選拔領導，首先從編輯部考慮。這也是我盯緊這個位置的原因。湖南衛視的某主持人不是說，不想當廚師的裁縫不是好鐵匠？

接下來要做的，就是等待領導找我談工作上的事。抱著這樣的想法上班，竟有度日如年的感覺。怪不得那些想升官的人，夢裡都是組織人事部門找他們談話。如果一年到頭，都沒見組織人事部的人敲門，那就是外甥打燈籠——照舊（舅）。

就在這節骨眼上，我的舅舅出事了，他因為包養女記者被"雙規"了。真沒想到，有的記者竟成了"妓者"。舅舅一大把年紀了，居然也好這一口，找的還是我的同行。我感到極為尷尬，極為害臊，仿佛舅舅包養的不是別人，而是自己。舅媽更是不依不饒，要他如實交待，跟那位小妖精是怎麼做的，試圖將三級片重播一次。

不少公僕道貌岸然，其實是三級片中出色的男主角。他們滿口仁義道德，一肚子男盜女娼。看來，人格不分裂的人還當不了公僕。

過去，常聽到沒職業的女子當富豪的"二奶"、"三奶"，現在，白領也有心甘情願做"二奶"的。某省政協原主席，就包養了省電視臺的當家花旦。我每次看到電視中漂亮的女主播，心裡就忍不住想，不知道她有沒有撲在哪位高官的懷裡。

話說回來，舅舅是幫過鄭總大忙的。我們這家刊物能評上省裡的優秀期刊，舅舅功不可沒。第一輪評選，這家刊物就給刷了下來。刺探到這個消息，鄭總急得如熱鍋上的螞蟻，連夜要求我帶他去舅舅家裡。舅舅聽鄭總說明來意，不緊不慢地說："我還以為你們要弄多一個刊號，那困難不小。此乃小事。現在名單還沒有對外發佈，還有工作空間……。"畢竟我在這個單位上班，肥水不流外人田嘛。評選結果揭曉，這家刊物榜上有名。舅舅說哪家上，哪家就上；舅舅說哪家下，哪家就下。他的話裡好像運行著一部電梯。

舅舅在位的時候，我在鄭總面前腰杆挺得筆直的，眉毛都長幾寸，嗓門也可以高幾分，可現在失去了這個靠山，整個人都矮下來一大截，說話也不敢高聲了。

每次見到鄭總，他仍像過去一樣笑呵呵的，只是從笑紋牽引的動作看得出來，他的笑容裡多了幾分做作，幾分虛假。開口閉口，他都不談我的工作。

我的事情看來黃了。不久之後，單位就宣佈由傅總兼任編輯部主任，我聽後覺得心口發緊，兩眼發黑。

我在心裡怨舅舅，等我的位置坐好之後，你再去包"二奶"

啊。不過也怪不得他，他再過兩年就退休了，能不抓緊嗎？權力到期即止，過期作廢。權力是最好的春藥，沒有了春藥，糟老頭一個，哪個美女看得上他？我轉而又怨鄭總，跟他那麼久，他都不幫我說一句話。先前，他拉攏我，是為了對付傅總和老黃。現在，格局發生了變化，他不再需要我了。自己不過是別人手中的一顆棋子，動與不動，擺在什麼地方，全掌握在人家手裡。

這樣鬱鬱寡歡地過了幾個月，我感覺身體似乎有點異樣，乳房裡長了一個腫塊。生氣的時候，乳房脹疼，腫塊摸起來明顯；不生氣的時候，腫塊似乎就消失了。

老公說："你這毛病八成是氣出來的，氣順了，就沒事了。"可我就是咽不下這一口氣啊。俗話說："人爭一口氣，佛爭一炷香。"連地下的老黃都以為我順利地當上了編輯部主任，可結果⋯⋯

"你總是跟自己過不去，小心步老黃的後塵呀。"老公正色道。

這句話裡襲來一陣冷風，我不禁打了一個寒戰。老黃的死，我是親眼見到的。沒有誰能長生不老，所有的人都會趕赴死神的約會。相對于死者，我們這些活著的人，只不過是倖存者。為了一個芝麻大點的"官"，搭上一條命，值嗎？

接下來的日子裡，我的心態來了一個一百八十度的大轉變。我不再想什麼編輯部主任，一心做好本職工作。這樣過了一段時間，身體變健康了，臉上的氣色也好了很多。

"聽我的沒錯吧，裡面那東西是氣團，氣消了，它就不見了。"老公晚上以幫我檢查身體的名義摸個不停,可憐一對玉兔成了他手中的麵團。

一天,傅總和顏悅色問我工作如何,令我莫名驚訝,因為之前他對我的工作從來不聞不問。他告訴我,他不打算兼編輯部主任了,問我願不願意到編輯部來。

我怎麼會不願意呢?只是轉機來得太突然,令我覺得窗外的陽光虛幻得特別厲害。

傅總這個人看來還是正直公道的,我過去錯怪他了。倒是鄭總,雖然整天一副彌勒佛的樣子,可是老奸巨滑,城府莫測。我要改弦易轍,在傅總手下好好工作。

可等我發了一次稿後,我又叫苦不迭了。傅總是一個有文字潔癖的人,稿件到了他手上,他非得按他的思維方式、表達方式改一遍不可。我交上去的稿件,不是被他斃掉,就是被他砍得七零八落、整得面目全非。怪不得有人說,編輯是徹頭徹尾的劊子手。

這段時間,我好像坐上了心情過山車,一會兒躍上巔峰,一會兒跌入穀底……

我終於明白,老黃是怎麼死的了。

3.唔摸唔摸,那些話全是苦澀的。 (傅總)

老黃走後,我在與老鄭的鬥爭中,常常處於下風,令自己感到十分被動。看到老鄭慢慢地疏遠小貞,我趁機將她爭取過來,以壯大自己的勢力。

可處理小貞組織的稿件,我的頭皮就不由得發麻。她雖然是名牌大學畢業,可學的是理工科,文字基礎不扎實,文字功夫沒到家。

一開始,我耐心地講解,應該怎樣怎樣,可言者諄諄,聽者藐藐。無論我講多少遍,費多少口水,相同的錯誤她照犯。我對她越來越沒有了信心。

我說過,沒有金鋼鑽,怎攬瓷器活?我反思,選她拍檔是一種失誤。

一天深夜,萬籟俱寂,我正在改稿,恍惚聽到"吱咯"一聲脆響,像是新芽綻放的聲音,像是禾苗拔節的聲音,頭部猛地襲來劇烈的疼痛。

哎喲,頸椎又突出了!我恨恨地摔掉手中的筆,忍不住在心裡罵娘。

假使選對了人,自己還用這麼費神嗎?不用這麼費神,這頸椎還會突出嗎?我越想越氣。

迷迷糊糊之中,一個熟悉的身影閃現在眼前。他對我說:"傅總,請多多保重!"轉眼之間,他就消失得無影無蹤。

原來是老黃。

老黃是一位出色的編輯，他才華橫溢，工作起來又一絲不苟，精益求精，我無比懷念他！

編輯部還有小方與小倪兩位編輯，一位是工人轉幹的，一位是函授大學畢業的。她們雖然都是資深編輯了，可都有先天不足。整個編輯部人員結構老化，工作積極性不高，創新性不強，缺乏後勁與活力。

我向老鄭建議，編輯部要加強隊伍建設，至少招聘一名年輕編輯，老鄭也表示同意。

內侄女今年研究生畢業，學的是中文專業，正準備找工作。我看過她的文章，文筆還不錯。妻子問能不能進我們單位，我一時陷入了沉默。老鄭這個人比較霸道，單位只能進他的人。我即使介紹她進來，老鄭也會給她穿小鞋的。那樣的話，不是幫她，反而是害她了。妻子怨氣沖天："一個人的工作都安排不了，還副總哩。肯定是死腦筋，在單位裡吃不開，窩囊廢一個。上次任命編輯部主任，你豁出老命似的，使出渾身解數，非讓老黃當不可，不惜得罪上級領導。你好歹在官場上混了幾十年了，這點利害關係都不懂，算是白混了，連我都替你感到害臊。跟著你算是倒了八輩子黴了！當初我怎麼就瞎了眼睛呢？假使時光再倒退十年，二十年，我非跟你離婚不可……"她莫名其妙地搶白，令我臉上一陣青一陣白。我知道她是用激將法將我，可是這招也不管用。單位是一把手的天下，進不進人，進什麼人，都是老大說了算。我本想跟她解釋一番，可話到嘴邊又咽了下去。唔摸唔摸，那些話全是苦澀的。

4.這該死的學歷，毀掉了我的美好前程。（小王）

　　帶著一本厚厚的作品集，我去見鄭總。那些都是已經發表的作品，我將它們裝訂成冊。集子的厚度似乎增加了我的底氣。

　　說來很是慚愧，本人只是個專科生。如今，學歷"大躍進"，大學生已不是鳳毛麟角，早就淪為蘿蔔白菜了。在很多人眼裡，專科生差不多就是文盲一個。

　　本來，我的學習成績不賴，在班上排名從來沒有溜出十名之外。高考第一天上午，我覺得試卷太容易，心想，自己考不上哈佛，起碼也考得上牛津、劍橋。下午的考試也不難，我輕車熟路，三下五除二就答完了，看看手錶，離交卷還剩一粒鐘。我檢查了幾遍之後，移動身子準備交卷，看到監考的女老師頗有幾分姿色，便又在座位上坐定。考試考得頭昏眼花的，美女老師正好可以養養眼。養眼就養眼，誰知心血來潮，下麵的"小弟弟"蠢蠢欲動。看到老師就要敬禮，它還挺懂禮貌的，"五講四美三熱愛"學得不錯。我反復做它的思想政治工作，考場如沙場，在這決定人生命運的時候，你老弟還有這等閒情逸致，我也是醉了。可是它充耳不聞，變本加厲，好比用汽油澆火，越澆越旺。我轉念一想，自己半邊屁股都坐進牛津了，就"臨幸"她一回，抬舉她一次，也不辜負她的美麗與性感。沙沙沙，只聽見筆尖在紙上游走的聲音，世界從未如此靜謐，從未如此舒暢。心頭小鹿呀撞個不停，熱血在周身沸騰。什麼寒窗苦讀，什麼金榜題名，全他媽的見鬼去吧。最後，火山迸裂，勢不可擋，一瀉千里，世界灰飛煙滅……忽地，考試結束的鈴聲清脆地響起。離座交卷時，我猛然發現最後一頁是空白的，頭腦裡頓時陷進一團空白。天啊，最後一頁我竟然沒有翻到，沒有作答。我整個人像霜打的茄子，蔫了。接下來的考試，我昏昏沉沉，不知是怎麼應付的。放榜那天，我都沒有勇氣去看成績。是同學告訴我，我的分數上了專科線。父親勸我複讀一年，考個本科，可我執意不肯。經歷過高考的人都知道，高三那一年無異於掉進了人間地獄。假如能夠避開高考，我寧願少活幾年。父親捶胸頓足，一聲長歎："本來是一泡好屎，結果當作尿給射了。"

我愛好文學，在學校拼命讀書、寫作，稿件採用通知單如雪花般飛來。我將發表的作品收集起來，裝訂成冊，心裡想："這麼多張紙疊起來，抵得上一紙本科文憑吧。"

畢業後參加招聘會，本科生一操場，碩士生一禮堂，博士生一走廊，我實在是灰溜溜的，投簡歷的手都有點發抖，恨不得挖條地縫鑽進去。

簡歷天女散花般發出幾百份，全部如泥牛入海，杳無音信。人家看到我的學歷，立馬就把我"pass"了。這該死的學歷，毀掉了我的美好前程。

在學習期間，我有幸結識了北京文學界老前輩任老，兩人成了親密的"忘年交"。我專程去北京看望過任老。任老語重心長地對我說："一個有志於文學的人，要做好三方面的準備。

一是思想上的準備，要學習馬列主義、毛澤東思想、鄧小平理論等；二是生活上的準備，要深入生活，永遠和人民在一起，與人民同呼吸，共命運；三是技巧上的準備，多讀古今中外的文學名著，勤於練筆。」回想起來，這些教誨猶在耳畔。是任老出面，我的工作才有著落。

任老向鄭總極力推薦我，介紹了我的文學成就。他退休前是北京一家機關大報的創始人、總編輯，鄭總剛參加工作時是那裡的一名小兵，後來才調回到省上。鄭總賣豬崽似的，介紹我到他朋友負責的一家內刊當編輯。幾個月之後，鄭總給我電話：「小王，你還是來我這裡吧。」

鄭總在辦公室笑容可掬地接待我。他五短身材，胖乎乎的，臉上的笑容似乎彌補了外表的不足，給人的感覺和藹可親，平易近人。

「任老是德高望重的老領導，也是善識千里馬的伯樂。他向我推薦你，我們當然願意接收啊。」鄭總一見面就爽朗地說。

接著，他換了一種語氣，壓低聲音說：「之所以沒有讓你馬上來，是因為單位有些事情還沒有理順。單位關係複雜，你來了以後就知道了。把工作幹好，其他事情少去理會。」

我當作早已知情的樣子，會意地連連點頭。

「你來了之後，要在傅總的領導下開展工作，我引見你認識一下。」說著，他拿起了電話。

過了一會，傅總睡眼惺忪地來了。同鄭總形成鮮明對比的是，他又高又瘦，不苟言笑。我心想：「他們兩人可以搭檔表演相聲。」

"傅總習慣於晚上工作，白天休息。科學研究發現，夜貓型的人創新性更強。"鄭總前一句話是說給我聽的，後一句話是說給傅總聽的。

"現在工作繁重，疲于應對，創新性就談不上了。單位缺年輕人，你來的正是時候。"前一句話，傅總回應了鄭總，後一句話，他又是對我說的。

說著，傅總翻看起我的簡歷，一絲不易察覺的笑紋在他臉上泛起。

5. 只是，編制哪能隨隨便便地給一個人？（鄭總）

任老向我推薦小王，要我幫忙解決他的工作問題。我看了他的簡歷，學歷確實低了點。現在隨便往哪裡一抓，本科生都一大把；我所在的機關大院，碩士、博士一大堆。對於他的工作能力，我也有點懷疑，儘管任老對他評價挺高。假使他進來之後，又不能幹，老傅肯定拿他說事，到時對自己也不利。但是，畢竟是老領導出馬，我也不忍拂了他的面子。我想起我的一位朋友正在辦一份內刊，眼下也缺人手，不妨讓小王先去那裡鍛煉鍛煉。如果行，再叫他過來；如果不行，我也好跟任老交代。

幾個月後，朋友告訴我："小王這個人踏實、肯幹，文字能力在內刊編輯部無人能敵。要是自己的廟大一點，我就要定他了。"朋友的話使我吃下了"定心丸"。

老傅抱怨說，自從老黃去世之後，編輯部沒有增加人手。我心想："調來小秦，你又不讓人家做編輯。之後，你又把小貞挖了過去。想和她結成統一戰線，共同對付我？爾後又說小貞工作能力差，自己工作太辛苦。這些都不是你自導自演的嗎？我等著瞧你的好戲哩！直到聽說他頸椎病又犯了，我才趕緊讓小王過來。"

在北京開會期間，我專程去探望任老。我自從回到省上後，與任老的聯繫中斷了。我早就想請任老寫篇評介我們刊物的文章，可是不太好開口。這次見到任老，我說："小王的工作落實了，他在編輯部表現不錯……"我的言外之意是，我解決了小王的工作，幫了您的忙，您也要幫我做點什麼。任老說："爭取早點解決他的編制。"我敷衍道："我們的編制都用完了，等有了新的編制再考慮吧。"其實，編制是有的。老黃去世後，就騰出來一個。出於事業發展的需要，我們也可以向有關機構申請增加，自負盈虧的單位不吃財政的飯，不花納稅人的錢，自己養活自己，編制不會卡得特別緊。只是，編制哪能隨隨便便地給一個人？在計劃經濟向市場經濟轉型的時期，提倡聘任制，老人老辦法，新人新辦法。我們還聊了以前在報社共事的場景、一些同事的近況，整個過程任老都很高興。最後，我提出要求，請任老寫篇評刊的文章，他爽快地答應了。

不久，任老寫的文章在《新民日報》上刊登了。我在心裡琢磨，向廳領導彙報工作時，可找到材料了。上次彙報工作，聽得領導昏昏欲睡。領導插話："揀亮點說！"這不有了亮點嗎？

6. "學歷，與其說是一種客觀的評價標準，倒不如說是一種偷懶的手段……"（傅總）

　　我翻了翻小王的簡歷，心裡止不住冷笑，可浮上嘴角的一定是親切的微笑。這些年，我在單位也練就了表裡不一的真功夫。

　　我還以為是何方神聖，來的不過是一個專科生。現在，本科生多如牛毛，你們去廁所裡看看，那些解褲子幹活的，哪一個褲兜裡沒有揣一個學位？碩士研究生我都沒有介紹，瞧他把這等貨色都塞進來。編輯這活兒，不是什麼人都能幹的。在我們這裡，一個蘿蔔一個坑，一個和尚一本經，濫竽充數是行不通的，南郭先生是沒有市場的。要是他幹不了活，看我如何對付老鄭。小王說不定是一張好牌，我可得牢牢抓住。

　　可是我看了小王組織的稿件之後，眼前不由得一亮。練歌之人一開腔，行家就知道他唱功如何；習武之人一亮動作，行家就知道他武功如何。文字編輯改一篇稿子，內行人也能看出他的文字功夫。我吹毛求疵地看了好幾遍，都沒有發現明顯的問題。他編輯的稿子，基本上不用改動，可以直接發排。要是編輯部所有編輯都像他那樣，我的工作就輕鬆了，我這個領導就好當了。我越看越欣賞他，先前打算拿他說事的念頭煙消雲散。

　　我之後又給了小王幾個組稿任務，他都能出色圓滿地完成。在我的心目中，他無疑是優秀的編輯。

　　日本索尼公司的創始人盛田昭夫有一本經典之作，叫《學歷無用論》。他在書中寫道："學歷，與其說是一種客觀的評價標準，倒不如說是一種偷懶的手段……這種評價制度，產生了大量僅有大學招牌而胸無大志的人。"

　　我曾經要內侄女組過一篇稿子，跟她講了老半天，講得唇乾舌燥，她仍不得要領。而跟小王交代組稿任務，只要一點，他就領悟了，再講半句都是多餘的。前者乃堂堂碩士，而後者僅為專科生。學歷與能力看來是兩碼事。有的人學歷高，知識多，並不見得能力強，有時甚至成反比。這就是所謂的"讀死書、死讀書、讀書死"。西方社會對知識的批判已經有好多年了。有人做了一副戲謔式的對聯："學士、碩士、博士，士士無用；影星、歌星、體星，星星脫衣。"

　　小王事業心強，業餘時間搞文學創作，寫了不少東西。這年頭，升值最快的是房子和墓地，貶值最快的是文憑。房——買不起，墓——死不起，而人家小王居然還在從事文學創作，真是了不起！

　　老鄭要小王進來，又不解決他的編制問題，使得他的待遇低下。我們究竟拿多少錢，小王可能不清楚，我也不好意思說出來，說出來恐怕會影響社會的和諧與穩定。同工不同酬，同人不同命，我都替小王抱不平。可解決誰的編制，不解決誰的編制，從來都是老鄭說了算，我沒有太多的話語權。為了提高他的工作積極性，在我的職權範圍內，我儘量將編輯費向他傾斜。儘管這只是杯水車薪，但是小王內心是很受感動的。他是老鄭的人，我沒費什麼功夫就使他成了我的人。

　　現在，令人頭疼的倒是小貞了，編輯部留她不是，不留她也不是。

7. 我簡直哭笑不得。（小王）

一輛大貨車嗚嗚嗚地開進了機關大院，機關服務中心的人忙著將車上的沙田柚卸下來。各處室紛紛派人去領柚子，我們單位也不例外。

柚子在大院內堆成了山，它們的清香一個勁地往鼻孔裡鑽。幼稚的我心裡想："大概也有我一份吧。"

單位同事每人座位底下都塞了一麻袋柚子，唯獨我座位底下空空如也。也許是辦公室的人一時疏忽，忘記分給我了？我還心存幻想。

直到下班時同事拎著沙田柚哼著小調回家，我才猛地醒悟過來：原來我跟他們是有區別的。編制如同一扇厚重冰冷的大門，他們在裡頭，我在外頭。裡頭的人可以盡享榮華富貴，外頭的人只能勉強混口飯吃。

此後，單位發大米花生油洗潔精洗衣粉空氣清新劑蘋果雪梨荔枝龍眼草莓楊桃草紙衛生巾避孕套電腦打印機等時，我就悄悄地走開了，免得分發的人表情不自然。

再後來，大貨車加大油門開進機關大院，我甚至聽不見它們的轟鳴聲了。

去辦公室簽名領工資，出納事先要做足準備工作，將其他人的收入情況嚴嚴實實地捂住，以免被我偷窺到。

有一次，我去辦公室領鉛筆，正撞見同事在領工資。我發現他和出納都十分緊張，遮遮掩掩，躲躲閃閃，仿佛做賊一樣。我差點噗的笑出聲來。瞧，他們像防間諜一樣地防著我。在編職工到底拿多少錢，對我來說是一個巨大的謎，他們像美國五角大樓對待軍事情報一樣嚴密封鎖。

我不和他們比錢多錢少，要比就比能力的高低。於是，我更加起勁地工作。我一個人幹的活兒，比另外三位編輯幹的加起來還要多，還要好。起初，貞姐時常用戒備的眼神看我。滿門心思撲在工作上，是不是有什麼想法？想同她爭位子？沒有想法的人，心如死水，工作吊兒郎當，得過且過，做一天和尚撞一天鐘，絕不會那麼主動積極。後來，見我只是個臨時工，戒備之心就徹底解除了。雞就是雞，再怎麼撲騰也成為不了鳳凰。他願意多幹就多幹，其他人正好落得清閒。

有一次，他們都出國享受公費旅遊去了，辦公室只有孤零零的我。我本想完成一個專題策劃，可神情恍惚。老實說，我的心理天平發生了嚴重的傾斜。為什麼，為什麼他們滿世界的瀟灑，而我卻是幹活的命？為什麼好處總是他們得，而我只有辛勞？先前，我試圖用自己驕人的業績縮短與他們的距離，實踐證明是徒勞的。一條鴻溝橫亙在我的面前，它就是編制。因為它，一個單位，一個刊社，劃分為兩種人，設立了兩種制度。我一進來的時候身上就被貼上了標籤，充其量只是一個"二等公民"。我之前還拼死拼命地幹活，真是天下第一號大傻瓜呀。

一氣之下，我甚至想一走了之，留給他們一個瀟灑的背影。東方不亮西方亮，黑了南方走北方。此處不留爺，自有留爺處。是金子，到哪裡都發光。留得青山在，何愁沒柴燒？不過，轉念一想，天下烏鴉一般黑，一黑賽過另一黑。他人就是地獄。更何況，我兜裡只有一張專科文憑，底氣不足。人在屋簷下，不得不低頭。

聯想到幾年前那場決定人生命運的考試，我不由得懊悔萬分。假使不是自己粗心大意，人生的風景就會迥然不同。

我隨即找到了應對的辦法，工作懶懶散散，漫不經心，故意把文章寫差。我感到從未有過的愜意與輕鬆，體驗到一種"報復"的快感。

不久，傅總有事找我。走進他的辦公室，見傅總板著臉，不苟言笑。我心裡七上八下的，他是不是察覺到什麼苗頭了？他會如何批評我呢？

"看了你最近寫的稿子，進步不小啊。看似平淡，卻蘊含深意，可以說達到了一種新的境界。我已跟鄭總商量好，就從這個月開始，工資給你提高百分之三十……"傅總和顏悅色地說。

我簡直哭笑不得。

8. 人人都有一本難念的經啊。（小秦）

小王剛進編輯部的時候，我鼻子裡灌醋——酸溜溜的。他的位置原本是屬於我的，只是……

我到這個單位上班第一天，傅總就迫不及待地給我佈置了一個命題作文。其實，我並不怕寫作文。上中學的時候，我的作文時常被語文老師當作範文，當著全班同學口水直濺地念。念大學期間，我週末經常泡圖書館，翻閱《讀者》《散文》等刊物。但是想到這可能是一次入職前的測試，我還是不敢掉以輕心。

我白天在辦公室數易其稿，但是都不甚滿意。晚上回家，挑燈夜戰，絞盡腦汁，冥思苦想。

老公洗得白白的，躺在床上，催我早點睡覺。我心裡知道他想幹什麼，有意熬他一下，嘴上說：“你老婆正處在水深火熱之中，而你則袖手旁觀，不聞不問。”

“瞧你說得那麼悲慘，不就是交一篇稿子嗎？來來來，我來替你捉筆吧！”

老公坐在電腦前一通劈劈啪啪，就順利交卷。我看後，眉開眼笑，心花怒放。高手就是高手，比我寫的強多了。他號稱是廳機關的筆桿子，廳領導不少講話稿都出自他的筆下。

“寫得怎麼樣啊？”他沾沾自喜地問。

“還行！”我逗他，“等會再讓你交作業，看你能不能及格啊。”

　　“保證不交白卷……”

　　為了慰勞一下他，我這次採取了女上位的方式，並且故意叫得很大聲，使他 high 到了極點。看來，男人也是很好“騙”的。

　　我知道，男人希望同時擁有三種女人，廚房裡的主婦，客廳裡的貴婦，臥室裡的蕩婦。女人要學會當演員。

　　第二天，我將稿子交給了傅總，滿心期待得到他的誇獎。

　　當他把稿子退回給我的時候，我不禁傻眼了。滿紙改得花花綠綠，體無完膚，慘不忍睹。比如“祖國已經走過了五十六年的光輝歷程”一句，他將“祖國”改成了“新中國”，並且眉批：“祖國指祖先世代居住的國家。我們的祖國是中國，有5000 年的文明史。”諸如此類，不勝枚舉。他橫挑鼻子豎挑眼，雞蛋裡面挑骨頭，錯誤挑出一籮筐，看得我臉紅耳熱，無地自容。

　　正是憑著這份試卷，傅總理直氣壯地跟鄭總說：“這樣的水準，怎麼可以當編輯？”

　　當初，鄭總是答應我做編輯的，好歹我也是本科畢業。因為測試沒過關，我便安排到了編務的崗位上。

　　編務做什麼？無非是收信、分發稿件、寄樣刊等，簡直就像一個雜工。一個初中畢業生都可以勝任的，卻讓一個大學生去做，這不是大材小用嗎？不是學歷高消費嗎？不是浪費人才嗎？

　　無疑，這件事對我是一個挫折，也是對我老公的打擊。他先是暴跳如雷，而後垂頭喪氣，萎靡不振。

之前，我和我老公每週做愛都有好幾次，因為這事的影響，我們半個月都沒有親熱了。

我本來在一所中學教書，只是離家較遠，每天起早貪黑，在路上浪費了大量的時間。機關領導為了照顧家屬，將我調回機關上班。據說，當時傅總就是極力反對接收我的人。沒想到，來到機關大院卻是打雜，那還不如不調動的好。同學、朋友問我在幹什麼，我都不知如何回答。

從表面上看，我和我老公都在機關上班，風光無限，可又有誰知道我內心的委屈與愁苦呢？人人都有一本難念的經啊。

傅總不讓我做編輯，難道他撈到了什麼好處？告訴他，這叫損人不利己。有一次，老公跟廳領導出差。聊到傅總這個人時，他毫不客氣，狠狠地參了他一本。

聽說，因為傅總起先沒有讓貞姐做編輯部主任，貞姐跟她在省委宣傳部的親戚講了。她親戚有一次開會時遇到了雷廳長，當面"投訴"了傅總。雷廳長在領導班子會上講了這事，所有廳領導對傅總的印象都不好。後來，貞姐的親戚出事了，傅總在廳機關的形象似乎有所好轉。可因為老公的彙報，他的形象又一如繼往地壞了下去。

9. 我回想起她那個意味深長的笑容，恍然大悟。（小王）

第一次踏進這家單位的門，第一眼看到的就是小秦，心裡頭覺得美滋滋的，好比炎熱天吃了冰淇淋。男女搭配，幹活不累。跟這位美女共事，是一種額外的福利，哪怕工資低一點都無所謂，儘管當時還不確定自己能否進這裡工作。

鄭總通知我上班的那一刻，我首先想到的就是小秦，終於可以天天見到美女啦。我覺得自己有點像賈寶玉，相信女人是水做的骨肉，男人是泥做的骨肉，看到女人就覺得清爽，看到男人就覺得齷齪。去銀行取錢，我一般拿兩個號，最先叫的那個號如果不是女營業員辦理，我就棄號；坐飛機，空姐與空少送航空餐，要是我坐的那一排是空少送的，我就會感到巨大的失落，吃得不是滋味……

單位不坐班，但只針對編輯，編務、辦公室、發行部人員還得按時上班。據說以前全社也實行過打卡上班，搞得刊物死氣沉沉，效益一路下滑，才改行寬鬆的政策。傅總的觀點是，只有在自由、寬鬆的環境與氛圍中，人的創造性才可能被激發。在緊張、機械、呆板的狀態下，創造性勢必受到壓制。其他人員心裡不平衡，牢騷滿腹，傅總就替編輯說話：“他們的工作性質不同。為了琢磨一個最合適的詞，為了策劃一個好的選題，他們在走路的時候、在如廁的時候、在臨睡的時候都可能在思考，而這些都是八小時以外的工作，又有誰統計過這些時間⋯⋯"

為了見小秦，我每天都到單位上班。其他編輯不是經常回來，編輯部就成了我和她相處的空間。

時間長了，小秦也會跟我訴說她的委屈，本科畢業，卻只能幹編務的活。作為交換，我也跟她訴說內心的不滿，幹的是知識份子的活，拿的卻是農民工的工資。我們兩人，惺惺相惜，同病相憐。在我的心中，我已悄悄地把她當成了紅顏知己。將自己的心事交付給一位美女保管之後，我心裡覺得好受多了。人的內心好比一個倉庫，把不良情緒清理清理，裡面就會寬敞許多，亮堂許多。

據說，小秦在師範大學讀書時是"校花"一枚，她老公隨機關領導去大學開展活動，把她給盯上了。為了追她，他向機關申請到師範大學"蹲點"工作半年。人心隔肚皮，虎心隔毛衣。又有誰知道，他打著工作的幌子，幹的卻是騙妹子的勾當？近水樓臺先得月，半年之後，他如願以償抱得美人歸。

我有時甚至揣測，她和他的結合是不是幸福的？她的性生活是不是和諧的、有沒有高潮？假如她在圍城內過得不快樂，我願意將她拯救出來。這樣想著，我渾身洋溢著英雄豪氣。

有一天，小秦將一疊來稿交給我，轉身離去時，回眸一笑。她的微笑有沒有什麼特別的暗示？我上班時心不在焉，神不守舍，浮想聯翩。她的笑容裡仿佛開了一間美食館，越品越有味道。

晚上，我在床上輾轉反側，不由得回想起小秦曖昧的笑，發現下面鼓脹鼓脹，被子被頂成了珠穆朗瑪峰。

我上中學的時候，我的同桌是一位"淫學家"。受他的影響和薰陶，我在這方面也頗有點修養與造詣。開始，我想像著小秦性感的嘴唇……有一次，辦公室只有我一人，我走到小秦的辦公桌前，鬼使神差地端起她的杯子，舔了舔杯口，感覺火辣辣、甜絲絲、香噴噴。接著，我又想像著她神秘的部位……當然，在想像的同時，我也沒有讓雙手有片刻的消停。我本是世間一情種，可惜沒生在女兒國裡，只能靠擼來解除寂寞。我體內的熔漿在沸騰、在翻滾。頃刻間，火山爆發，一瀉千里……事後，我又在心裡忙不迭地給她道歉："對不起！對不起！我這人下流、卑鄙、無恥，死後該下地獄、進油鍋……"

大概一個月之後，我從小秦交給我的那摞稿件中選出的一篇稿子見刊了。作者署的是筆名，不方便寄樣刊與稿酬，好在他留有電子郵箱。我對小秦說："請你聯繫一下作者，請他提供真實姓名與地址。"她的回答令我大吃一驚："這篇稿子的作者就是我啊！"她的表情既忸怩又自然，既驕傲又淡定。

我回想起她那個意味深長的笑容，恍然大悟。我之前自作多情，完全誤會她了。她不甘沉淪，想以這樣一種方式證明自己的才能，給傅總反戈一擊。

10．與人鬥，其樂無窮。（傅總）

　　我正為小貞的事情傷腦筋。說得不文雅一點，她占住茅坑，又不拉屎，繼續留在編輯部已經沒有多大意義。想把她退回原處，可總編室已經撤銷了。小秦這會又來搞搞震。做編務受委屈了？不甘冷落，想證明自己是寫文章的料，也是文曲星下凡。有本事離開單位，當自由撰稿人去，賴在這裡幹什麼。又不是獨此一家，全國報紙雜誌多如牛毛。

　　那個小王也真是的，來瞎摻和什麼呢？看到有點姿色的女人就把持不住，神魂顛倒，掏心掏肺，忘了自己姓什麼，女人要他幹啥就幹啥。我奉勸他不要吊在一棵沒有希望的樹上，人家早就有主了。天涯何處無芳草，何必只在眼前找？八條腿的蛤蟆不好找，兩條腿的女人遍地是。

　　文章發表了，並不說明作者有多麼了得，我看八成是編輯的功夫。小王改稿能夠化腐朽為神奇，不管別人信不信，我反正是信的。

　　我當初就反對廳領導將機關家屬隨意安插進編輯部。如果不加以阻止，編輯部有朝一日恐怕會演變成"家屬團團部"與"子弟兵兵營"。他們想得太簡單，認為編輯無非是改改錯別字與標點符號，稍微讀了點書的人都可以勝任。殊不知，現在學問分得很細，編輯也是一門學問，一種專業。在大學裡還有捧著"編輯學"吃飯的。沒有學過這一門，就想幹這一行？隨隨便便一個人都當得了萬金油？

　　因小秦沒做成編輯，她老公憤憤不平，在機關裡到處說閒話，像個長舌婦一樣，搬弄是非。他經常在廳領導鼻子底下轉，打小報告倒是具備天時地利人和。有一次開完黨組會議，在洗手間撞見雷廳長。按說，人生最大的享受莫過於如廁，可他板著臉，完全沒有壓抑釋放後的暢快與輕鬆，眼睛裡白的比黑的多。出門觀天色，進門觀臉色。我一看就覺得有點不妙，莫非是某人的小報告發揮了功效？那一次，我尿得很不爽。

　　知識份子置身于官僚體系之中，說話、做事都要看官員的臉色，他們獨立、自由的人格何以保持？骨頭又焉能不變軟？一些文化單位的行政級別我看該取消了。文化與政治是兩碼事。政治的核心是"力"——權力，追求權力最大化，講究下級服從上級，因而會出現官大一級壓死人的情形。文化的核心是"理"——真理，它不以任何個人的主觀意志為轉移。二乘以二等於四，它不會因為某人是高官而等於五或者六。

　　瞧自己年紀一大把了，還依然是一個"憤青"！不過，槍口也不能對準自己啊。怎麼能夠一邊吃肉，一邊罵娘呢？自己好歹也是個處級幹部。有人說，在中國，一輩子能混個處級幹部就像個人樣了。按這樣的邏輯，有多少人活得人不人、鬼不鬼的。在基層，多少人為了當一個股長、一個科長，機關算盡，爭得你死我活，頭破血流。想想都覺得好笑啊。

　　正所謂，人在江湖，身不由己。陶淵明不為五鬥米折腰，如果是五千鬥呢？利益大於一切。

　　小秦同我鬥，會有好結果嗎？我當初只是想考驗考驗她，說不定哪天高興了，就回心轉意，讓她當編輯。現在改變主意了，我要讓她永世不得翻身。與天鬥，其樂無窮；與地鬥，其樂無窮；與人鬥，其樂無窮。男人就是要狠一點，心慈手軟，兒女情長，終究成不了大事。

11. "就當是我對他的另類補償吧……"（小秦）

　　我是想以自然來稿的方式，看看這個刊物的門檻到底有多高。沒想到一投就中，並非高不可攀嘛。傅總分明是戴著有色眼鏡看人。說你行，你就行，不行也行；說你不行，就不行，行也不行。

　　結果把小王也牽連了進來，這是始料未及的。我好歹是有點背景的，傅總尚如此對我，小王無依無靠，臨時工一個，炒掉他，那是分分鐘的事情，比拔掉一根草還容易。我不禁為他擔心起來，他完全是無辜的呀。不過，轉念一想，小王是傅總心目中的紅人，才高八斗，學富五車，又是編輯部的頂樑柱，傅總怎麼可能輕易放棄他呢？這樣想著，心中的負疚感有所減輕。儘管如此，我總覺得欠小王一點什麼。

　　不知怎的，在小王身上，我看到了前男友瑋的影子。瑋和小王長得一樣帥，——不是蟋蟀的"蟀"，而是帥呆了的"帥"，也像小王那樣才華橫溢。我們所讀的師範院校，女多男少，陰盛陽衰。有些女生找朋友時特別主動，這是因為她們的母親"教導有方"。其母諄諄教誨："碰到績優股和潛力股男人，要先下手為強。心動不如行動，該出手時就出手。走過路過，千萬不要錯過。"不少女生追瑋，瑋的心被丘比特之箭射成了馬蜂窩，但他仍不為所動。後來，我和瑋走到了一起，同學們都頗看好我們這一對，說是男才女貌。再後來，他，也就是我現在的先生出現了。他是公務員，有房有車，對我展開了淩厲的攻勢，我很快就倒入了他的懷抱。愛情從來都是建立在物質之上的，離開瑋是不需要理由的。傷心的瑋畢業後自我放逐，去了西部的學校，從此杳無音信。我不後悔自己的選擇，但對瑋心存愧疚。記得有一天晚上，我和瑋在草地上，他情不自禁地摟住我的脖子。慢慢地，他的手不老實了，一點一點地朝下面摸索。我知道他要幹什麼，將他的雙手緊緊鉗住，儘管我也很想讓他撫摸，但我仍努力克制自己。如果知道後來的結局，我當時就應該鬆開自己的雙手。

小王每次看到我，目光總是從我的胸前掃過。生怕被我撞見，他的目光不敢停留太久，迅速轉移到別處。他自以為神不知，鬼不覺哩，想想都覺得好笑。如果說男人的目光是刀，那麼女人的目光比刀還要刀。他的目光哪怕只停留零點零一秒，都逃不過我的眼睛。女人的胸部是誘惑男人的秘密武器，年齡越小的男生越沒有抵抗力。

那天上班前，我在穿衣鏡前花費了差不多半個小時。穿這件不滿意，穿那件也不滿意。女人的衣櫃裡總是少一件衣服。最後，我竟翻出了一件低胸裝。以前，我嫌它穿上有點暴露，因此一直壓在衣櫃底下。女人的露與不露，是一件頗傷腦筋的事。露得太多，人家說你太開放，太騷。你以為你是賣肉的屠夫？那東西，是個女人都有的。露得太少，人家說你太保守，太小氣。都什麼年代了，你以為還是清朝？不透一點氣，小心將那對傢伙捂死了。那東西，是個女人都有的。要露得恰到好處，恰如其分，這是一門很高的藝術。奧秘全在於露與不露之間。哎，做人難，做女人難，做漂亮女人更難，做有點風騷的漂亮女人難上加難。這次，我穿上它之後，再也沒有脫下來。

辦公室裡，照例只有我和他。我心想：「就當是我對他的另類補償吧……」

12. 我最終也是葉公好龍……（小王）

　　我只瞄了一眼小秦的乳溝，視線再也沒有從所看的稿件上移開。

　　要是以往，我肯定血脈僨張，鼻孔出血，目光像個走不穩路的孩子，一股腦跌進她的溝壑裡，然後再長個鉤子出來，將她的衣衫拉開一點，再拉開一點。這次，我卻異乎尋常的冷靜。

　　生活給我的教訓是慘烈的。幾年前，考場上一時衝動釀成的苦果，要用一輩子的時間去品嘗。欲望是萬惡之源，衝動是魔鬼。有時候，欲火熊熊燃燒，骨頭都要燒成灰了。我二十二三的男子漢，鳥崽打得罈子爛。我就想："一個人倘是無欲無求，無想無念，六根清靜，縱使天女下凡，西施再世，心亦如止水，無牽無掛，無煩無惱，無憂無愁……"那時，我就恨不得拿一把剪刀，將胯下的男根咔嚓剪了，喂給狗吃。

　　這天，小秦的筆老是掉在地上，老要彎腰去撿。每次去撿的時候，怕我不知道，還要用咳嗽聲來提示。她彎腰的時候，乳溝一定露得更多、更深。但我意志堅定，目光仿佛在稿子上面生了根。儘管如此，卻一個字也沒有看進去。好笑的是，稿件居然都拿反了。慌忙掉轉過來時，見她並沒有注意到我。要是給她察覺了，她一定說我"假正經"。

　　一個不能克服金錢與女人誘惑的男人，必將一事無成，不值一提。最大的敵人不是別人，正是自我。這回能不能戰勝自我，就在於目光是否向小秦漂移。只要再朝她那裡瞟一眼，就意味著前功盡棄，一敗塗地。我跟自我較上了勁，調動了最大的克制力。哪裡冒出了一絲火星，就迅速提來一大桶水，嘩啦將它澆滅。以前，那一片我無限嚮往的豐腴的土地，頃刻之間仿佛變成了一片荒漠。

因為小秦那篇稿子，傅總對我頗有看法。不怕憲法，就怕領導對你有看法。他以為我受小秦的誘惑，和她串通起來，造他的反。我也沒有向傅總解釋，這事只會越描越黑。我要用行動來證明自己。路遙知馬力，日久見人心。這次，我要是管不住自己，撲騰掉進她用溫柔織就的"陷阱"裡，豈不證實了傅總的猜想？豈不是公然跟他對抗？傅總為人苛刻，他會輕易放過我？他那樣待我，我已經感激不盡，怎麼會恩將仇報，反對他呢？人在單位，要選好邊站好隊，不能懵懵懂懂一大片，應該清清楚楚一條線。我決定跟小秦"劃清界限"。

我最終也是葉公好龍，小秦對我越是熱情，我越是躲著她。先前，我回辦公室是為了見到她；現在，我儘量不回辦公室，是為了不見到她。眼不見為"靜"啊。

當我聽說小秦的老公是一個愛打小報告的"小人"之後，小秦的形象在我心目中打了折扣。我鄙視打小報告的人，"憎"烏及屋。

而消除誤會的最好的辦法，就是找一個女朋友。不久，艾就取代了先前的小秦。

13.沒等她說完，我握話筒的手無力地垂落下來⋯⋯（小王）

　　跟艾認識，還要感謝鄭總。他自從兼任全國機關刊物協會副秘書長之後，跟之前相比簡直判若兩人。先前，他整天無所事事，優哉遊哉，現在一上班就把自己關進房間裡，一副日理萬機的模樣，好像比國務院總理還要忙。為了擴大作者隊伍，我從他那裡要過一本協會的通訊錄。在通訊錄裡，我物色到了一位資深編輯、著名專欄作家。她平易近人，為人爽朗，不僅為我發來了稿件，還向我推薦了她的外甥女。她介紹道：〝我外甥女大學剛畢業，學的也是中文，在一家出版集團上班，跟你們在同一個城市。你們有合適的選題，也可找她來寫一寫，讓她鍛煉鍛煉。〞我聽後有點激動，老在想像她外甥女長得怎麼樣，漂亮不漂亮。有她姨媽作介紹人，找她再自然不過了。當然，約她寫稿是其次的，主要是想認識她。醉翁之意不在酒，醉酒之意不在翁，酒翁之意不在醉。假使她介紹的是一位男作者，我會那麼激動和熱情嗎？不用我多說，你懂的！

　　第一次見她，是在她的單位。當時，她和一群女孩子在一起，但是我第一眼就認出她了，仿佛已經相識多年。我心想：〝如果我要找的人不是她的話，我的內心不知會多麼的失望！〞

　　她長得高挑、清秀，像一朵清香四溢的蓮花。畢竟剛從校園裡走出來，未染世俗的塵埃。性格既爽快，又婉約。待人彬彬有禮，落落大方。還有，她是北京的名牌大學畢業，而我讀的是一個下三濫的學校。找她作朋友，在心理上有一種補償的作用。我以前讀書時，有幾位女生給我送過"秋天的菠菜"，都被我一一謝絕了。她們慘不忍睹的模樣，還想愛我，那還不如直接把我殺了好了。她們跟艾相比，簡直是天壤之別。如果老天能讓我跟艾在一起，折我幾年陽壽我都心甘情願。茫茫人海中遇到了她，一切都變得有情意起來，一切都有了依託……

她的文字沒有她人漂亮，但也不是特別難看，經過我加工潤色，發表是不成問題的。金無足赤，人無完人。你不能要求她既有舞蹈家的身段，又有歌唱家的歌喉，還要有作家的文采。中文系畢業的，成為作家的概率最多也不過百分之一。更何況而今高教品質滑坡，文憑注水，學中文的錯別字連篇，學數學的經常算錯數。她這個水準，已經算是佼佼者了。

文章見刊那天，我讓她請客，她沒有推辭。她大概知道，沒有我的幫忙，她的文章是難以發表的。讓她請客只是一個藉口，我其實是想跟她待一會。吃飯快接近尾聲的時候，我藉故走開一會，悄悄把單埋了。

有一天晚上，我在外面辦事，回去時竟鬼使神差地跳上了一輛繞很多道的公交車，只是因為這路車要途經她上班的地方。從馬路邊望去，可看到她辦公室的燈光。我想看看，她在不在那裡，辦公室的燈有沒有亮。車快開到她單位所在地了，我的心跳驟然加速。我目不轉睛地盯著窗外，生怕稍縱即逝。我希望司機開慢點，再開慢點，可車子好像駛得更快了。雖然只是一瞬間，但我還是擎住了她辦公室裡屬於她的那盞燈。她原來在那裡，我的心跳得更厲害了！我牢牢地擎住那盞燈，不敢有片刻的鬆懈，生怕我稍微鬆懈，它就消失得無影無蹤。它在眼前不停地閃爍、跳躍，散發著橘黃色的光，柔和又溫暖。我深情地注視著它，它似乎也含情脈脈地望著我。我們就這樣對望著……突然，噗的一聲，燈光滅了，而四周空無一人，一片漆黑。原來，車到終點站了，我早就坐過站了……

　　星期天，我去她辦公室找她。她的辦公室是一個大廳，平時也只有她一人，因為一時沒租到房子，她索性就住在那裡了。我跟她開玩笑，說年紀輕輕，就當"廳長"了。我知道我和她之間的距離。學歷上的差距，我自信用能力可以彌補，而最讓我感到自卑的是沒有編制。因而在她面前，我既自信，又自卑。藏在心底裡的那一個字，始終沒有說出口。我們談得最多的，還是稿件、人物采寫。我跟她傳授"真經"，寫一個人物，起碼要寫三件事，人物才立得起來。三足鼎立，一隻鍋有三隻腳才擺得穩。我特別聲明，這是北京的大作家任老的經驗之談，一般人我還不告訴他。跟她在一起，只是聊聊天，我就覺得愉悅，覺得滿足。

　　一個星期天，我去到她辦公室裡，沒有找到她。在走廊高聲叫喚，也沒有回應。其時，辦公室裡正晾著她的貼身衣物。我左顧右盼，確定沒有人影之後，竟然鬼使神差地將她的內褲塞進了口袋裡，臉上一陣火燒火燎。之後，我又發覺不對勁，慌慌張張地將它拿出來，掛在原處。我慢慢地摩挲著內褲的邊緣，然後慢慢地滑向中央地帶。我的手掌像是通了電一樣，酥酥麻麻的。最後，我頭部猛地湊近，狠狠地在內褲上咬了一口，只覺得滿頰生香……

哪天沒見到她，我就坐立不安；哪天沒有聽到她的聲音，我就悵然若失。日裡夜裡，都是她窈窕的身影。"此情無計可消除，才下眉頭，卻上心頭。"我的"相思病"越來越嚴重了。

一天，我桌上的電話鈴聲忽然響起，一接，是她甜美的聲音。平時，都是我給她打電話。這次，她主動跟我聯繫了。我的內心閃過一陣狂喜，好比久旱逢甘霖。不料，聽了她的電話，我的心一陣抽緊，猛地跌進了冰窖裡。

"我要離開這裡了，我男朋友在北京催我過去，感謝你對我的關心和幫助……"她在電話那頭平靜地說。

沒等她說完，我握話筒的手無力地垂落下來，話筒重重地掉落在地。漸漸地，我的眼裡盈滿了大顆大顆的淚……

14.在茫茫暗夜裡，總算看到了一線希望的曙光。（小王）

　　第二天，我就病了，躲在床上，茶飯不思，渾身乏力。去醫院檢查，也沒查出什麼毛病。

　　對一個人的愛原本就是一場說不出什麼病的病，無藥可醫。

　　編制，該死的編制。要是有了它，我就不會坐失良機，我早就跟她海誓山盟，卿卿我我了；要是有了它，我就敢跟她的男朋友 PK，比文比武都不怕。它不僅關乎一個人的利益，更關乎一個人的尊嚴。它不僅關乎一個人的尊嚴，更關乎一個人的下半身。為什麼有的人不費吹灰之力就能得到的東西，而我卻怎麼努力也得不到呢？老天不公平啊！上帝何在？

　　我對鄭總的不滿與日俱增。既然用我，為何不給個名分？別看他表面上和顏悅色，其實是虛情假意。我給任老寫信，投訴了鄭總，直言他的偽善。任老回信，說他會再次跟鄭總談我的編制問題。不過，他也坦言，他已退位多年，力度可能不夠了。不管怎樣，我對任老始終是感激涕零的。

　　理想很豐滿，現實很骨感。我像一個遭了霜打的茄子，萎靡不振，工作自然也大受影響。傅總似乎看出了我的心病，又找我談話了。他的眼光像是 X 射線，能夠看穿我的心思，開門見山地說：「我已經多次跟鄭總提過，要解決你的編制問題，可他遲遲沒有反應。也不知道他是怎麼想的。是人才，就要千方百計留住，或事業留人，或感情留人，或待遇留人。你的能力，你的水準，你對單位的貢獻，大家是有目共睹的。眼光不妨放長遠一些，我們這種單位，編制總有一天會取消的……"

傅總的談話可謂一箭雙雕，使我對他增加了向心力，對鄭總產生了離心力。他對談話效果大概也是感到滿意的。

他說編制取消的那一天，天知道要等到猴年馬月去。我有多少青春可以等待？我的光棍要打多久？飽漢不知餓漢饑，站著說話不腰疼，沒生過孩子不知道肚子疼。沒有女人的日子，實在難捱啊，簡直是度秒如分，度分如時，度時如日，度日如年。遠水不解近渴，畫餅難以充饑。我對未來感到悲觀，對希望感到渺茫。

一次，鄭總要到外地去出差，點名要我跟他一起去。晚上，本來可以開兩個房間，他為了省點住宿費，讓我跟他住同一間房。夜裡，鄭總語重心長地跟我談心："你的編制問題，任老非常關心，多次提起。我不是沒有替你想過。你看看，單位有好多個臨時工，有好幾個比你早來，都想進編。進一個，不進一個，進誰，不進誰，一碗水沒端平，大家會沒有意見？沒進的人還不跳起來？所以，我現在一個都沒讓進。做領導的難處，不在位上的人，大概是難以體會的。你要在學歷上有所提升，爭取拿到本科文憑。過去不看學歷，只要會打仗就行，現在當兵都要求高中畢業了。在能力難以衡量的情形下，文憑就是一個篩選和識別系統。你有了本科文憑，到時我也好理直氣壯地替你說話，別人的嘴巴自然也就封住了，因為別人有的東西你都有，而你有的東西別人沒有。過幾年我就退休了，我有一個心願，就是希望在退休之前解決你的編制問題。"

鄭總一番肺腑之言，又使我改變了對他的看法。我先前錯怪他了。自己的想法太狹隘，領導考慮問題的方式方法就是不一樣。屁股決定腦袋，立場決定觀點。我是他要來的，他怎麼會不聞不問，漠不關心，拱手送給對方的陣營呢？這種低級錯誤，他怎麼可能犯下呢？准我是以小人之心，度君子之腹。將心比心，設身處地替領導想想，他也有他的難處。他是站在整個單位的角度考慮問題的，有全局意識，要平衡所有的人，擅長走鋼絲。我們要學會換位思考，如果我是領導，我會怎麼做？

在洗手間裡，我發現鄭總的髒衣服丟在地下。因為高興，也因為要表示一下感謝，我忙不迭地將它們洗了。洗內褲的時候，一股怪怪的味道直沖鼻底，但我還是強忍住了，放在水龍頭下一陣猛搓。我一邊搓，一邊看出了我內心的"小"。只要能解決我的編制，別說幫領導洗一次內褲，洗十次我都心甘情願。

鄭總的承諾給我吃了"定心丸"。麵包會有的，愛情會有的……一切都會有的，只要有了編制。現在，最要緊的是取得本科文憑。方向明確，路徑明晰，我知道我的勁該往哪裡使了。年輕的心，像孕滿風的帆。

在茫茫暗夜裡，總算看到了一線希望的曙光。

15.正所謂"塞翁失馬，焉知非福"……（老黃）

　　我死之後，原以為貞姐會順理成章地當上編輯部主任，結果大跌眼鏡。我雖然在人世間活了一遭，但很多事情還是沒有看透，想來深感慚愧，真想再活一次，補習補習人間的功課。不過，以我這等愚笨的天資，即便再活一百次，也琢磨不透人間事。

　　為這件事，聽說她乳房裡都氣出一個腫塊。這可不要掉以輕心，我就是你們的一部"死"教材。前車之覆，後車之鑒。前事不忘，後事之師。儘快去醫院做檢查，查清腫塊的性質。如果是良性的話，問題還不大；如果是惡性的話，就得施行手術，整個兒拿掉。不要捨不得自己漂亮的乳房，癌細胞擴散的話能要一個人的命。她先生也要做好心理準備，愛撫時飽滿圓潤酥軟的地方，可能會變成一馬平川。當然，這是最壞的情形。但願她安然無恙。我雖然進入了另外的世界，但我的心地仍然是善良的，儘管過去我和她是競爭對手。請不要對我心存戒備，因為我人都死了，即便想害人也害不了。要防備的倒是你們身邊活生生的人。

　　她自己心理壓力也挺大的，趕緊去醫院做檢查。醫生說，沒什麼大問題。為她祝福！

　　她對那職位不再抱幻想的時候，那職位又來找她了。她的位子還沒有坐熱，又被趕走了。不是這世界變得太快，就是我跟隨的步伐太慢。

看得出來，她對編輯部還是極為留戀的，離開時一哭二鬧三上吊，使出了女人的各種看家本領，可是傅總絲毫不為所動。士別三日，當刮目相看。傅總越來越冷酷了。

貞姐還想重新站到鄭總這一邊，那只是她的一廂情願罷了。對這種立場不堅定的"叛徒"，鄭總是絕對不會原諒的，儘管他看到她時依舊笑容可掬，滿面春風。

這次貞姐去了一個更邊緣的部門──圖書編輯室，當然也是因她而設的。雜誌社不像出版社，沒有書號，編什麼圖書？明擺著是一個虛職。沒想到，貞姐居然接受了。不過，不接受也得接受。人在很多時候是被迫的、無奈的。不能改變世界，那就改變自己。與其愁眉苦臉，不如開開心心。進一步，寸步難行；退一步，海闊天空。看來，她從生活中學到了許多。或者說，生活改變了她許多。

她在新崗位上任之後，身影極少在辦公室出現，當起了"宅女"，韜光養晦，上班好像成了業餘的了。反正圖編室也沒有多少書編，無非是將發表在刊物上的優秀文章彙集起來，去出版社買一個書號，出一個精華本。

她宅在家裡，並非無所事事，而是做起了期刊研究。其實，她也是蠻拼的。我過去在編輯部，策劃、採訪、寫稿、編稿、校對，像陀螺一樣團團轉，想做點研究、想做點個人喜歡的事情根本騰不出時間。

不久之後，她撰寫的幾篇關於"期刊之道"的論文陸續發表了，有兩篇還發表在核心期刊上。要知道，如今這年頭，去火葬場火化屍體都需要送禮拉關係走後門，更何況在核心期刊上發表論文？如果沒有任何門路的話，在上面發一篇論文簡直比登天還難。不過也不盡然，上帝關閉一扇門，同時也為你打開一扇窗，貞姐不是輕而易舉地登天了嗎？機會總是留給有準備的人。有志者，事竟成。世上無難事，只怕有心人。只要功夫深，鐵杵磨成針。她是一個天性要強的人，想在職稱上努把力。她這是在為評高級職稱做準備的節奏。

正所謂"塞翁失馬，焉知非福"，有所失必有所得，現實生活中充滿了辯證法。

16.如今，死水裡也泛起了細小的波瀾。（倪姐）

　　貞姐去了圖編室，我表面上對她寄予同情，心裡卻掩飾不住興奮。她一離開，就把編輯部主任的位置騰出來了。

　　說老實話，以前我對那個位置是不抱想法的，心底如一潭死水。如今，死水裡也泛起了細小的波瀾。

　　我在編輯部待了那麼長時間，工作還不是我們做出來的？豈能幹活的時候就想到你，提職的時候就把你當空氣？怎麼樣也應該設個安慰獎，給個主任當當？沒個一官半職，不要說別人瞧不起自己，連自己都瞧不起自己。如果到退休的時候，還是平頭百姓一個，那就等於在自己臉上貼個"無能"的標籤。

　　傅總是分管編輯部的，關鍵是搞掂他。凡事不能靠運氣，而要靠運作。

　　說到傅總，他同我家頗有點淵源。我父親是作協主席團成員、著名作家。傅總的女兒曾經是文學發燒友，是我父親的"鐵桿粉絲"。她讀小學的時候，以小記者的身份採訪過我父親。她和我父親的合影，還登在一家少兒刊物上。

　　去傅總家坐坐，順便給她女兒帶幾本父親近來出版的書。去的時候，總不能兩手空空。問題是傅總廉潔，不收禮。某市機關的一位領導附庸風雅，想發表一篇文章，找到傅總。知道他喜歡喝茶，特意買了一套紫砂壺送他。傅總推辭，說："這麼貴重的東西,我不能要。"對方似嗔非嗔:"這是土疙瘩燒成的,又不是金子,擔心什麼?"在禮物的選擇上,頗費了我一番躊躇。禮物太輕,又怕送了等於沒送;禮物太貴重,又怕他不肯收。想來想去,決定去茶葉專賣店買點好的茶葉。傅總經常熬夜改稿,喝茶可以提神,這禮物對他來說比較合適。我選了上品的大紅袍,一問價錢,嚇了一大跳。一斤差不多要五千塊。這麼貴的茶葉,我自己是捨不得喝的。賣茶葉的人似乎看出了我的心思,說:"你不是買來自己喝的吧。送禮選這個最好了,收禮的人也不擔心有受賄的嫌疑。告訴你,我這茶葉好賣得很。"做生意的好有能耐,簡直可以改行當心理分析師了。我狠狠心,買了兩斤。

我帶去的書,傅總收下了,可茶葉他卻不肯收。我執意讓他收下之後,他又回贈我兩包明前龍井。像他這樣清廉的人,真是世上罕見。

話說回來,這次走訪還是有收穫的。傅總告訴說:"編輯部最近正在考慮人事調整。你不來家裡坐坐,我也要去找你……"

哼,我的事要是成了,還不把方某氣個半死。她一個工人,靠老公的關係才轉幹。要文憑沒文憑,要知識沒知識,要前面沒前面,要後面沒後面,還想同我爭?也不撒泡尿照照自己。成天在家煮飯帶孩子,上過幾天班?整個兒就是一家庭主婦,沒素質。老公是局長又有什麼了不起?最後還不是──出局?

17.會哭的孩子有奶喝，會鬧的女人有人疼。（方姐）

得知倪某當編輯部副主任的消息，我肺都要氣炸了。

怎麼才當個副主任？不是眼巴巴地盼著當正主任嗎？結果是半價促銷，五折優惠。

我的資歷不比她淺，能力不比她差，工作幹得也不比她少。雖然我在家的時間多一些，但該交稿的時候交稿，該出糧的時候出糧，工作一點兒也沒受影響。憑什麼獨獨她上，把我撇下？欺負我老實，欺負我平時沉默寡言，欺負我不會送禮拉關係，欺負我年老色衰？辛苦辛苦幹了那麼多年，沒有功勞，也有苦勞。幹活的時候分分鐘不會落下你，提職的時候就完全當你不存在。簡直是漠視人，漠視人的勞動與價值，不把人當人看。我還不發作一下，全天下人都以為我太老實本分，太軟弱，太好欺負了。到時自己死了，都不知道是被欺負死的。是可忍孰不可忍？老娘這回豁出去了。告訴你們，平時少語的人，爆發起來就好比雷霆萬鈞；老實人生起氣來，也會地動山搖。

憑她老爸的關係，發表了幾篇狗屁文章，加入了作協（做鞋），就趾高氣揚，目空一切，尾巴翹到天上去了。有什麼了不起？我不光會做鞋，還會做衣服哩。逢人便說自己是幾級作家，唬老百姓吧？正式職稱哪有“一級作家”、“二級作家”、“三級作家”的稱謂？只有創作員的稱謂而已。會寫幾個輕飄飄的文字就稱作家，未免太狂妄了吧。那從事科學工作的豈不都成科學家了？那會唱卡拉 OK 的豈不全成歌唱家了？

　　我在基層做過多年通訊員，所寫的報導上過縣報、地區報、省報、中央級大報，就差沒上聯合國大報了。文字經過千錘百煉，基本功扎實。這一點，傅總也是給予肯定的。你看她寫的文字，面帶菜色，瘦骨嶙峋，乾巴巴的，一看就是營養不良，先天不足，後天失調。混了張函授大學的文憑，就以為自己可以升天了？那文憑含金量多少不敢說，含水量倒是挺足的。如果將它放進沙漠裡，沙漠裡就會出現一片綠洲。現在倒好，她騎到我頭上，拉屎拉尿，作威作福來了。這口氣我怎麼咽得下去？

　　不行，我要去爭，我要去鬧。會哭的孩子有奶喝，會鬧的女人有人疼。這年頭，自己都不替自己著想，還有誰替你著想？等著別人施捨，那你可能會餓死。她都能上，我為什麼不能上？要不，把她拉下來，兩人平起平坐。她做編輯，我也做編輯，我沒有任何意見。反正她不能在我上面。

　　不達目的，我就罷工。她那麼優秀，那麼能幹，一個人完全可以包打天下，還要我幹什麼？

18.編輯部應該擴大規模……免得委屈 了她們。（老黃）

在我的印象中，方姐沉默寡言，為人老實、低調。這次升職，提一個，不提一個，把她惹急了。她天天回單位，跟鄭總鬧，跟傅總鬧，不依不饒，不到黃河心不死，不達目的不罷休。不在沉默中爆發，就在沉默中滅亡。

人善被人欺，馬善被人騎。她鬧一鬧也好，省得以後人家不拿她當盤菜。人嘛，都是欺軟怕硬的，柿子揀軟的捏。你強他就弱，你弱他就強。人間如此，陰曹地府也如是。有幾個小鬼看我老實，時不時欺負我一下。我有一次實在忍無可忍，發了一頓脾氣，罵了一通娘，它們就沒敢再來惹我了。

方姐的鬥爭立竿見影，她很快也被提為副主任，同倪姐平起平坐。用傅總的話說，手心手背都是肉，一碗水端平。做領導的要懂得平衡術，平衡是領導工作的重要法則。在一條船上，如果沒搞好平衡，船可能會翻；在一個單位，如果沒搞好平衡，單位可能雞犬不寧。

方姐與倪姐很難在一起開展工作，兩個副主任，如何分工呢？傅總把編輯部一分為二，分為兩個編輯組，方姐與倪姐各負責一個編輯組，每人輪流負責一期刊物。只可惜了，將多兵少，僧多粥少，不好分配。總不能把小王辦成兩半，一人一邊。編輯部應該擴大規模，多招幾個人，滿足一下主任的領導欲，免得委屈了她們。

為了小王的工作分配問題，編輯部還專門開了一次會。因為小王工作能力強，方姐與倪姐都搶著要，兩人都不鬆手。最後，兩人折衷，小王一半時間在編輯一組，另一半時間在編輯二組。他成了牆頭草，單月份刮南風，他就倒在這一邊，雙月份吹北風，他就倒在另一邊。

在工作上，她們暗暗裡較勁，都不想輸給對方。化仇恨為力量，壞事變成了好事。小王因為沒有捲入利害衝突，跟她們都合得來。她們為了調動小王的積極性，待他都不錯。一時間，編輯部的工作大有起色。兩個小組的工作旗鼓相當，難分高下。付出那麼多，結果才打個平手。她們又不幹了，非要爭個高下不可。兩個副主任的能力如何，雙方已經較量過多次了，關鍵是在小王身上動腦筋，慫恿他在對方一組幹活時，不要那麼賣力，以使自己這一組勝出。這可苦了小王，聽這個也不是，聽那個也不是，聽也不是，不聽也不是，左右為難，豬八戒照鏡子——裡外不是人。

19.工作歸工作，為什麼非要夾雜那麼多的個人恩怨？（小王）

　　人眼是桿秤。方姐與倪姐如何，我自然也會掂量一番。方姐從通訊員摸爬滾打上來，文字基礎較為扎實，而文學感覺就稍遜風騷。倪姐出身文學世家，文學感覺還可以，但文字功夫差點火候。她們看自己時，只看到優點；而看對方時，只看到缺點。看對方的缺點時，都使用功率很高的放大鏡，這是她們誰也不服氣誰的原因。

　　為了哄我幹活，她們對我客客氣氣、恭恭敬敬。是我，成全了她們的領導欲。她們對我可是感激不盡。我好像成了菩薩，她們都願意把我供起來。假使沒有我，她們就成了"孤家寡人"，成了"光杆司令"，就會失魂落魄。表面上看她們是領導，骨子裡真孫。我呢，我也會擺正自己的位置。正是因為我會幹活，所以才有一席之地。要是幹不了活，我就成了垃圾，誰也不會要我。我就是幹活的命。生活生活，為了生存就得幹活。

　　倪姐披金戴銀，濃妝豔抹，珠光寶氣，香氣襲人。她每次回辦公室，懷裡都抱著她的寵物狗。據說，她經常用進口的香波給它洗頭，用進口的香水給它噴身子。每次看到她雍容華貴的寵物狗，我就有人不如狗的感慨。下輩子投胎，就變一條狗好了，當然不是癩皮狗，也不是哈巴狗，而要成為狗上狗，讓一個高級女人養起來。假使夜裡高級女人耐不住寂寞，說不定還會有美妙的事情發生。

與倪姐相反，方姐卻一身素顏。她看不慣倪姐的裝扮，對她嗤之以鼻。她跟我說："把自己整得像開金鋪似的，未免太俗氣了。我要是喜歡那玩意，我先生不知可以收多少條。一對耳朵恐怕戴不過來，得多長幾十雙耳朵才行。"怕我這根"嫩草"給"老牛"吃了，方姐神秘兮兮地告訴我："她三十好幾了，還沒有結婚。她不結婚，是因為下面長了個東西，生不了孩子，沒人要了。怕是年輕時太風流了吧。這是報應啊。"她一邊說，一邊用手指指下面，生怕我不明白她說的下面就是陰道的意思。我雖然是處男一枚，但是念中學時生理衛生學得超級認真，這點常識還是懂的。

有一段時間，我跟方姐走得較近。方姐的老公是重權在握的局長，要是他肯幫我出面，能不能解決我的編制呢？我對他存在過一絲幻想。老實說，我也有私心。人不為己，天誅地滅。人為財死，鳥為食亡。方姐似乎看穿了我的心思，說："現在找工作難。國家一下擴招那麼多大學生，可是社會一下子沒有提供那麼多工作崗位。所以，肯定有人會失業。我先生的侄女，研究生畢業，想進某單位，一直沒有落實。"聽鑼聽聲，聽話聽音。我聽懂了她的潛臺詞。嘴巴都沒有開，就給貼上了封條。

倪姐見我與方姐來往比較密切，心裡吃醋了，緊張得不行。她也不甘示弱，趁方姐不在的時候，有意唱衰她："你也是文學愛好者，心裡應該清楚。在她的文章裡，拿著顯微鏡找，能找出幾個文學細胞？——她老公，什麼狗屁官。八面玲瓏，趨炎附勢，溜鬚拍馬，對上欺騙，對下欺壓……"

　　她們一有機會，就跟我說對方的不是，我聽得耳朵都快起繭了。她們還暗示我，在對方一組時，工作不要拼盡全力。對於這些，我既聽，又不聽。話從一隻耳朵進，又從另一隻耳朵出來。工作歸工作，為什麼非要夾雜那麼多的個人恩怨？

20.我安靜地躺著，幸福如一條河，在 我耳邊叮咚叮咚流淌。（糜姐）

我覬覦雜誌社辦公室主任的位置好久了。

在雜誌社下屬的事業發展中心做了五六個年頭了，我也不差錢了。這幾年，我悄悄註冊了一個公司，中心接到的業務相當一部分是我背後的公司在運作，事業發展中心基本上成了一個空殼子。在這個年頭，太老實的人賺不了大錢。鄭總雖然身兼董事長，但他畢竟是一個讀書人，對做生意並不內行，沒有發現任何蛛絲馬跡。會讀書並不一定會做生意。成功的儒商也有，但失敗的更多。

錢既然賺得差不多了，我也想收手了。這樣做畢竟是有風險的，萬一被發現，後果相當嚴重。我前幾天夜裡做噩夢，夢到事情敗露，公司被查封，自己倉皇出逃，東躲西藏……我想給自己換換地方，謀一個好去處。

能進雜誌社當辦公室主任，那再好不過了。中心屬企業，雜誌社是事業編制。如果說公務員端的是金飯碗的話，事業單位的人端的起碼也是銀飯碗。倘若心想事成，下半輩子就高枕無憂了。

為了實現這個目標，我暗暗裡也在準備。在政治上，積極向黨組織靠攏，已經光榮入黨；在業務上，我自學會計知識，已考取註冊會計師的證書。現在，最關鍵的問題是能不能搞掂鄭總。

　　據我對鄭總的瞭解，鄭總有兩大愛好。一是喜歡錢。逢年過節，我給他送的禮金不少了。有一年春節，他在國外度假，我從他家門縫裡塞進去幾十個紅包，他回家後只要用掃把掃一掃，就能掃個幾萬塊。二是喜歡女人。他第一次跟我握手時，就輕輕地捏了我一下。我閱人無數，這種人一看就知道是個色鬼。後來幾次，他想占我便宜，我都沒給他機會。我要裝作良家婦女的樣子，哪能隨隨便便？現在，我覺得他有這愛好是好事。不怕什麼法規條文、規章制度，就怕領導幹部沒有什麼興趣愛好。

　　我跑到洗手間，對著鏡子端詳了好久。這些年辛苦打拼，自己變得有點滄桑了，額頭上的皺紋若隱若現。再昂貴的化妝品也掩蓋不住歲月的痕跡。再看自己的神情，也略顯憔悴。我活得太累了，需要歇一歇。為了下輩子的安穩與幸福，我得抓緊時機。機不可失，時不再來。沒來由的，我大聲地咳了幾下，像是在鼓勵自己。爾後，我又沖自己神秘一笑。

　　我打小就是一個美人胚子。年輕的時候，多少男人拜倒在我的石榴裙下。現在雖是半老徐娘，但風韻猶存。小妹有小妹的特色，少婦也有少婦的風味。有人喜歡吃甜酒，有人喜歡喝老酒，各有各的味道，各有各的精彩。小妹細皮嫩肉的，可是沒有經驗，躺在床上像一坨死屍。成熟的女人經驗足，放得開，技術好。那東西還不是夜夜給老公操，能操出什麼名堂來？能生一個編制嗎？老公老公，充其量不過一個臨時工。女人只要捨得，要有啥就有啥。捨得捨得，有舍才有得。捨不得孩子套不住狼，捨不得老婆套不住流氓。再說，領導的棒子上又不長鉤子，鉤不走二兩肉。回家用潔爾陰好好洗一洗，跟先前有什麼兩樣？

一天，我請鄭總共進晚餐。我去約他，十有八九是能約到的，因為他知道我們有錢，不用他看數。出門前，我化了半天妝，穿了最貴的衣服，噴了最好的香水。在挑選內褲時，頗費了一番腦筋。最後，鬼使神差地選中一條鏤空的紅色內褲。

我知道，男人酒後容易亂性。所以，在吃飯時，我一個勁地勸酒，生怕他喝得不到位。見他喝得差不多了，我趁機說："鄭總，您好像喝多了點，我去開個房給您休息休息，醒醒酒。"他逢場作戲，順水推船，連聲"嗯嗯嗯"，其實他心裡清醒得很。我喜上心頭，就不怕你不喝老娘這壺老酒，這回看來有戲啊！

我也假戲真做，趕緊攙扶住他。走路時，他故意跌跌撞撞，東倒西歪，手臂時不時地蹭一下我的胸部。我毫不回避，緊緊地貼住他。

進到房間，他借著酒勁，迫不及待地解我的衣服。不用急，不用急，你不是覬覦我好久了嗎？這回老娘成全你，滿足你，保證服務好，讓你爽個夠。

我的身上只剩下鏤空內褲了，他似乎遲疑了一下，接下來的動作就利索起來……我安靜地躺著，幸福如一條河，在我耳邊叮咚叮咚流淌。

他的床上功夫真的不錯，我達到了久違的高潮。這種高潮不同於以往，來自陰道很深很深的地方，我即使燒成了灰也不會忘記。

我怎麼也沒想到的是，他居然有特殊要求……（此處省略500字）他真不愧為風月場的老手！我算是看清了知識份子的面目，教授，教授，白天是"叫獸"，晚上是禽獸。

我結婚前在夜總會上過班，什麼套路沒見識過？前門後庭，側轉滾翻，蒙眼滴蠟，護士裝鋼管舞……十八般武藝，樣樣精通。客人怎麼要求，我就怎麼服務。只要能解決我的編制，他怎麼來我就怎麼配合。最可笑的是我的老公，結婚時還以為我是處女，因為那天我的月經剛好沒流乾淨。

完事之後，他臉上的皺紋一層層全脫落了，皮膚光潔如新，仿佛一下子年輕了二十歲。地板上，有無數條蚯蚓在蠕動，那是他掉落的皺紋吧。

據說，鄭總年輕時在皇城根下工作，因為身材矮短，其貌不揚，一直沒有找到對象。京城裡的女子，不少以為自己是皇帝的女兒，眼珠快要翹到天上去了，哪裡會瞧得上一個"三等殘疾人"。就這樣，他漸漸地淪為了"剩男"，不得不逃離北上廣。他回到省城，在親朋好友的鼎力幫助下才解決老大難問題。那時的性壓抑造成了今天的性放縱，以前失去的如今要加倍追回。他要是像傅總那樣，是一隻不吃腥的貓，我哪有機會呢？

21. 人生就是交易啊！（鄭總）

　　當我看到小糜鏤空的紅內褲時，我的動作停頓了一下。原來她是有備而來，投懷送抱，送貨上門。這一切都是她事先策劃好的。天下沒有免費的午餐，她事後一定會提出什麼要求。降低任務額？提高提成比例？這些都沒問題，可以商量嘛。不就是一場交易嗎？暫且不去想這些，做事要專心。送上門來的，不吃白不吃，吃了不白吃。我信奉有"吃"無類，管她黑的白的，高的矮的，胖的瘦的，老的少的……她的湖泊與水草若隱或現，閃著幽藍的光，發出了深情的召喚。眨眼間，內褲像一隻折翅的紅鳥，跌落在床底。

　　小糜為我的筆記本上貢獻了濃墨重彩的一筆。我有一個習慣，每睡一個女人，就在筆記本上畫一筆。我想看看，自己死的時候，到底畫了多少個"正"字。越是"成功"的人士，擁有的"正"字越多。牡丹花下死，做鬼也風流。多畫幾個"正"字，也不枉來人世間走一遭。年輕時失去的，現在要加倍補償。

　　寶刀未老，輕輕鬆鬆就進入了她的身體內部。我頓時看到了光，女人身上好像開了一扇神奇的窗，還有，柳暗花明，鶯歌燕舞……（此處省略 1000 字）

　　她叫床叫得很厲害，估計隔壁都能聽到。叫床聲就好比鼓點，激發了我的鬥志……眼前的世界瞬間消失了，山崩地裂，海枯石爛，一片死寂。

"你比我老公強多了。"小靡優雅地理理頭髮。

這話聽了很受用，我想我至少年輕了二十歲。

——什麼，想當辦公室主任？我有點不太相信自己的耳朵。我早就猜到她會提出要求，但絕對沒想到是如此大膽的要求。胃口不小嘛。辦公室的葉主任往哪裡擺？讓他到事業發展中心做主任，兩人對調。想得很周到，不愧是領導的貼心人。讓小葉去中心鍛煉鍛煉也不是不可以，他的級別、待遇保持不變，最棘手的還是老傅那裡。這麼大的人事變動，肯定要班子研究。跟老傅商量，他百分之一百二十反對。他總是跟我唱對臺戲。

不依她的行不行？睡都睡了，她的目的卻沒有達到，她肯定不甘心的。怕只怕她到時一狠心，將這事給抖了出去，那麻煩就大了。她不要臉，我這張老臉還要哩。還是依了她吧。

只要思想不滑坡，辦法總比困難多。現在，主要是做老傅的工作了。設身處地替他想想，他也不容易。編輯部主要工作由他做，他這人做事又認真，一絲不苟，毫不含糊，弄得頭髮白了，頸椎突出了，背駝了，腰彎了……考慮考慮他的待遇問題，給他提個半級，希望他能同意我的人事調整，儘管我內心裡是不情願給他那待遇的。但事已至此，也只好這樣了。做人要學會妥協。

人生就是交易啊！

22. 妥協是做人的藝術。（傅總）

　　讓小糜做辦公室主任，還要解決她的事業編制，真是離譜！她是什麼人？一個風塵女子。據說，她的生活極其糜爛，怪不得姓糜。越過窗，爬過牆，一夜睡過三張床。上半夜在一個處長的床上，下半夜在另一個處長的床上，淩晨還趕回夜總會上鐘點，人才啊。她的最大的本事就是騷，會勾引男人。讓他當小姐領班，再合適不過了，可惜雜誌社不是妓院。人家小王那麼能幹，都沒有編制。而進這樣的人，不把單位搞得烏煙瘴氣才怪。老鄭是不是鬼迷心竅？和她上過床了？背後必定有交易，提"錢"進步，"日"後提拔……

　　最近，老鄭似乎有意緩和同我的緊張關係，主動示好，決定以社的名義，向廳人事處提議，將我的待遇提高半級，雖然級別仍是副處，但享受正處級待遇。

　　說起這個待遇，我覺得很鬱悶，窩了一肚子的火，可又發不出來。老鄭在上面壓著我，我沒有出頭之日。不出什麼意外的話，熬到老鄭退休，我也能順利"轉正"。問題是我和老鄭是同一年的，他退休的時候，我也兔子尾巴──長不了。老婆罵我死腦筋："你就不會想想辦法，將年齡改小兩歲？也過過當一把手的癮！"我也確實動過這方面的心思。我的小學同學二狗在老家的派出所工作，我打電話向他諮詢。他在電話裡大聲嚷嚷："改年齡？可以操作。恐怕需要破點費，打通關節……

但必須是小孩子。"他開口閉口都是潛規則。只要能幫我改，被他們"潛"一次也心甘情願，只是我一把年紀了，難道還能長回去，變成小孩子？我還有一位大學同窗，如今是副省長了。我當副處的時候，他只是一個科級。可是後來他時來運轉，像坐了火箭一樣，嚕嚕嚕直往上升，而我卻交了"狗屎運"，像一輛陷入泥潭的破牛車，怎麼使勁也只是在原地踏步。大學畢業之後，我和他三十多年未見面了。最近，有同學正在籌劃同學聚會。我想借這個機會跟省長套套近乎。要是他肯幫我出面，搞個正職不費吹灰之力。可是聚會沒有如期舉辦，原因是大學畢業後同學之間分化特別厲害，得勢的飛黃騰達，平步青雲，官至廳長、省長，失勢的一敗塗地，早已下崗，徹底被邊緣化，大家很難湊在一起了。即使勉強湊到一起，也很難找到共同語言。有位下崗的同學曾經去找副省長，想請他幫忙介紹一份工作，誰知人家連面都不肯見。地位一變，臉就闊了。身份不同，發小都變成了陌路。我還是趁早死了這份心，省得拿自己的熱臉蛋去貼人家的冷屁股。看來，我這一輩子是當副手的命。別人"傅（副）總傅（副）總"地叫我，我聽了怪彆扭的。

做不了正職，無論如何，在退休之前，也要搞個正處級待遇。這樣，我的名片就好印了。副處，括弧，享受正處級待遇。要不然，死後閻王都會笑話我："你這個姓'副'的，到死都沒有'轉正'……"

這回，老鄭好像變成我肚子裡的蛔蟲，知道我在想什麼。他為何一反常態，大發慈悲？這不是他之前的風格呀！聯想到他的人事調整計劃，我馬上明白了，他是以此為條件，換取我對人事變動的同意。

　　按我以往的立場，我是堅決反對這樣的人事調整的。思前想後，我這回默許了。犯不著跟利益過不去，自己又不是不食人間煙火的神仙。做一個"犬儒主義者"，組織給根骨頭，就歡快地搖搖尾巴。妥協是做人的藝術。

23.沒有矛盾都要製造矛盾，好端端的 矛盾為何要化解？（鄭總）

　　出乎意料的是，老傅的待遇沒有獲得廳人事處的批准。廳機關對於那些在副處做的時間特別久而又無望升正處的幹部，在他們退休之前一般都會給個正處級待遇，這是尊重、關心、愛護老同志的表現，是一種人本主義精神，也是機關的優良傳統。雜誌社的幹部包括領導的工資都是自行支付。老傅所提半級增加的福利待遇也全部由社裡面解決，不會增加機關的負擔，他們無非行一個文，費一張紙而已。沒想到他們還是沒有同意。原因何在？向人事處諮詢情況，他們給的回答冠冕堂皇："還有待進一步研究……"這是能拿上檯面的說法，拿不上檯面的，是背後矛盾鬥爭的結果。

　　小秦調來的時候，我是答應她做編輯的。不料老傅別出心裁地搞了個崗前測試，把她給考倒了，一棍子將人家打入冷宮。據說，那稿子實際上出自她老公之手。不光小秦牢騷滿腹，她老公更是氣憤不平。他們咬牙切齒，磨刀霍霍，隨時準備發動反擊。以前沒逮到機會，現在機會來了。老傅想享受正處級待遇，沒門！小秦老公跑去人事處活動活動，老傅的事就這樣擱置了下來。

　　我已經仁至義盡了，這可不能怪我。俗話說，腳底的泡是自己躍的。問題出在你自己身上，樹敵太多，人際關係沒有搞好。當初，我就勸你不必那麼較真，難得糊塗，不看僧面看佛面，睜一隻眼閉一隻眼，就過去了。機關家屬不照顧，還照顧誰？機關給力，我們的刊物發行量才那麼大，效益才那麼好。你還真以為是你編得好、有水準？如果沒有機關的紅頭文件，把刊物擺到街上去試試，看看有幾個人買？換張三李四來編，結果都差不多，發行量也不會低到哪裡去。現在做生意，官商結合，無往不勝。幫機關同志解決一點後顧之憂，就那麼不情願？你呀你，沒有一點覺悟，又固執己見，一意孤行，結果這回栽在人家手上。豈不是搬起石頭砸自己的腳？胳膊還扭得過大腿？

意外之餘，我又暗暗裡感到高興。出現這樣的結果，不是正中下懷嗎？我討了好，賣了乖，達到了個人目的，而他沒有得到他想得到的東西。

別看他表面上若無其事，內心肯定不是滋味。他心裡越不是滋味，我心裡就越有滋味呀。

對於他來說，這也算是一個教訓。就看他善於不善於反思，能不能從中吸取經驗。冤家宜解不宜結，得饒人時且饒人。

小秦準備申報編輯系列的職稱，老傅就跳起來反對："連編輯都不是，評什麼職稱？"在他的堅決阻撓之下，小秦的職稱沒有報成。老傅看來沒有學乖，他們之間的結越扭越大了。

我之前還琢磨，恢復總編室，讓小秦過來，直接由自己來管。小秦畢竟是一位美女，看著也舒服點，最起碼可以養養眼。後來轉念一想："小秦在那裡，不正好牽制了老傅？沒有矛盾都要製造矛盾，好端端的矛盾為何要化解？鷸蚌相爭，漁人得利。"

24.這個姓鄭的，女人和錢，一樣都不少。（糜姐）

　　如願以償，夢想成真，自己下半輩子可謂坐進了安樂窩。有得必有失，更何況那種"失"同時也是一種"得"。自己可以說是雙重收穫啊。

　　辦公室的工作，管財是首要的，這可難不倒我這個國家註冊會計師。再說了，這是一個小單位，財務狀況並不複雜，無非進賬一筆，出賬一筆。我在商場摸爬滾打多年，處理這些還不是小菜一碟？

　　翻看單位的賬本，我不禁吃了一驚。單位有存款幾千萬，身家不小嘛。這麼多的資金，為什麼不盤活它們，使它們保值增值？與其放在銀行，讓別人拿去投資，還不如自己去投資？現在物價上漲飛快，通貨膨脹嚴重。通脹像老虎，將儲戶的存款吃掉，連骨頭都不吐。

　　但鄭總保守得很，他認為，投資是有風險的，搞不好血本無歸，把錢存在銀行裡最保險、最安全。每當他看到報表上一長串數字時，他渾濁的眼睛就變得澄澈起來，眼珠子閃閃發亮，隨時準備蹦出來，緊緊地將它們摟住。他把單位的財富看作一座金山，只有躺在金山上，他才睡得安穩。報表上要是少了一分錢，他就心慌，不踏實。

　　他是一個現代"守財奴"，捨不得花錢。人家小王辛辛苦苦地幹活，能力又強，工資卻開得很低，不及編內職工的一個零頭。既要馬兒跑得快，又要馬兒不吃草。

倘若用在他自己身上，他就大方多了。他頻頻外出考察，國內國外，天上地下。說是考察，其實就是公費旅遊。國內方面，他除了西藏，每個省都去過。西藏他不是不想去，只是擔心高原反應，去了就回不來了。國際方面，五大洲都留下了他的足跡。要是旅行社開闢了去南極的旅遊路線，他說不定也會報名參加的。他的母親住院，所有醫療費用都由單位報銷。不僅如此，他還用單位的錢為他老母親請了兩個護工，一個侍候白天，一個侍候晚上。

我來辦公室之後，方明白雜誌社有一項特殊的規定：單位幹部職工的小孩子進重點學校的贊助費，全部由單位埋單。現在重點中學的贊助費可了不得，少則五萬六萬，多則十萬二十萬。對單位來說，這是一筆不小的負擔。據說，這是鄭總的兒子開的頭。鄭總的兒子中考時，沒有考上重點。以他的考試成績，要上重點中學的話得交十萬塊的贊助費。他後來還是順利地入讀重點中學，而那筆贊助費則是單位出的。其他幹部因此嘀嘀咕咕："誰家沒有小孩？誰都不想讓自家的孩子輸在起跑線上。憑什麼他的孩子可以用單位的錢買進重點中學，我們的孩子就不能？"為了平息大家的不滿，鄭總只好一視同仁，制定了這項不成文的政策。因此，同事的小孩讀書不那麼努力了。他們心想："反正我不好好讀書，照樣能進重點學校。"單位的財務負擔因而大增，鄭總心疼不已，怪自己的兒子不爭氣，開了一個不好的頭。有一位同事，他的兒子是憑他的本事考進重點中學的，不用單位交贊助費，他覺得沒有享受到單位的"福利"，吃了虧，心裡很不平衡。他逢人便不無驕傲地說自己孩子學習如何如何，沒有增加單位的財務負擔，似乎立了大功勞一樣。

辦公室還有一項較為重要的工作，就是收繳雜誌款。雜誌款若不及時催繳，容易變成爛賬，成為賠本買賣。現如今，欠錢的是爺爺，被欠的是孫子。西莞是刊物發行量最大的地區，我常去那裡出差。有時同發行部的人一起去，有時陪鄭總去。

有一次，我同鄭總去那裡出差，當地局機關的領導陪我們吃完飯，有意將我支開，把鄭總單獨留下來。我知道，因為有女同志在，他們進行下一個節目不方便。我也識趣，說身體不舒服，正想早點回酒店休息。誰不知道，西莞是世界有名的"性都"，男人的天堂？十萬佳麗下嶺南，百萬嫖客上西莞。不到長城非好漢，不到西莞非男人。網上盛傳一個貼子：老師問學生："如果世界末日快要來了，你們最想去什麼地方？"女生們吱吱喳喳，有的說想去巴黎看艾菲爾鐵塔，有的說想去埃及看金字塔，有的說想去馬爾代夫看海。老師問："男同學呢？怎麼沒有回答的？"男生們異口同聲地說："我們想去西莞。"鄭總去那裡出差，醉翁之意不在酒。那裡星級賓館星羅棋佈，幾乎家家都提供色情服務。據說，她們的服務設立了"國際標準"，借鑒 ISO9001 管理體系，為客人提供標準化的服務，業界稱之為"莞式服務"。酒店裡，美女如雲，一個比一個靚，一個比一個會騷。我以前畢竟也是吃過這碗飯的，自歎趕不上時代發展了。長江後浪推前浪，前浪死在沙灘上。不過，我也不應該妄自菲薄。看那些騷貨們能騷多久，等到年老色衰，還有哪個男人願意瞧她們一眼？別看她們胸部那麼大，其實沒有腦子的。還是自己有遠見、有謀略，下半輩子的幸福有了著落。

　　我一邊想，一邊看了看手錶。這個時候，他開始進入佳境了吧。這個姓鄭的，女人和錢，一樣都不少。

25.當然，這只是一個幌子，最吸引我的還是那裡迷人的春色。（鄭總）

　　西莞地區的發行量已經突破了二十萬份，二十萬份呀，令人鼓舞，令人振奮。有許多刊物在全國的總發行量，還比不上我們刊物在一個地區的發行量。起初，該地市局機關的同志不屑于做發行工作，而今無心插柳柳成蔭。嘗到了甜頭的他們，倒擔心我們不跟他們合作了。每個月的發行回扣都是一筆可觀的數目，相當於我們給他們建了一個小金庫。俗話說："人無橫財不富，馬無夜草不肥。"機關的大多數同志，工資並不多，收入並不高，日子過得有點緊張。有了這些發行回扣，他們全成了"暴發戶"，紛紛買起了小汽車。這使周邊縣市局機關的同志害了"紅眼病"，紛紛前來西莞取經。只是在領取這筆提成的時候，他們從來都是偷偷摸摸的，好像這是一件見不得人的勾當。幾乎沒有一位同志敢光明正大地簽自己的名字，張三簽成李四，李四簽成王二，王二簽成麻子。生怕別人認出自己的筆跡，有的故意把字倒著寫，有的故意用左手寫，龍飛鳳舞，雞走蛇行，千姿百態。我反復跟他們講，這是你們的勞動所得，該你們拿的，有什麼可怕的！

　　有人說我老往西莞跑，理由很充足嘛。發行大戶，需要鞏固訂數，加強交流，增進友誼，深化合作。當然，這只是一個幌子，最吸引我的還是那裡迷人的春色。

世界上只有兩類男人，一類是去過西莞的，一類是沒有去過西莞的。老傅就是第二類人。像他那樣，不抽煙，不喝酒，不嫖妓，不賭錢，活著有什麼意思？網上有一個笑話，說一個乞丐敲敲車窗，向開車的先生討點錢。先生給支煙他抽，他說不抽煙；先生給瓶啤酒他喝，他說不喝酒；先生欲帶他去麻將館賭一把，他說不賭錢；先生欲帶他去桑拿房享受"一條龍服務"，他說他不嫖妓。最後先生說："那你上車吧，我帶你回家給我老婆看看，一個不抽煙、不喝酒、不賭錢、不嫖妓的男人能混成啥樣？"

用過晚餐之後，市局機關的同志給我在五星級酒店開了一間貴賓房。頭一次，他們生怕我不明就裡，還特別提醒我，在裡面幹什麼都可以，一條龍服務。我有些猶豫，擔心公安局來查。他們信誓旦旦地說："我們以我們的人格作擔保，絕對不會有事的。要不，砍下我們的腦袋作擔保也行。即使出了事，我們也完全能夠擺平。我們跟公安局局長是鐵哥們，最近剛給他的兒子解決工作問題……"他們鏗鏘之語使我的顧慮瞬間煙消雲散。

裝修得富麗堂皇、美輪美奐的貴賓房洋溢著一股煙脂味，洋溢著一股醉生夢死的味道。光看看服務清單上的項目，諸如"波推龍身"、"水漫金山"、"冰火九重天"、"星球大戰"等就令人心旌搖曳，意亂神迷，想入非非。

貴賓房跟普通的客房沒有太大的區別，但在房間的一角有一面落地的大鏡子遮著布簾。拉開簾子，只見兩個一絲不掛的姑娘在跳鋼管舞。你如果沒有看中，只消拉下簾子，裡面的姑娘就會被換掉。等簾子再拉開時，新的裸體姑娘又在裡面跳舞了。如此反復，直到客人滿意為止。客人點到滿意的姑娘，她就會從鏡子後面走出來⋯⋯這令我大開眼界，大有古時候皇帝選妃的感覺。

選中姑娘後，接下來的九十分鐘就只有盡情享受了。姑娘用心地服務，每一個動作都很到位，每一個項目都一絲不苟。服務完畢後，還需要客人簽名。如果客人感覺不滿意，她們會拿不到錢。所以，她們會全身心的投入。其敬業精神無與倫比，令人欽佩。他們管理小姐的經驗，值得雜誌社學習與借鑒。

有錢才是硬道理。來這裡消費的人，沒有一個窮光蛋。九十分鐘最低消費八百元，算得上高消費。夜夜當新郎，村村都有丈母娘，這不是很多有錢男人的夢想嗎？有錢就是這麼任性。馬行無力只因瘦，人不風流只為貧。

小姐們最瞭解男人了，把你服務得渾身舒服舒服，熨熨帖帖，渾身每一個毛孔都興奮得大喊大叫。從那裡出來一次，我懷疑我身上會死掉許多細胞，全是舒服死的，快活死的。但是，它們很快就會復活，因為它們還想再享受享受。假如妻子不恥下問，虛心向小姐學習，哪怕只學會她們的十分之一，二十分之一，丈夫的幸福指數都會呈幾何級增長，夫妻關係也會穩固許多。

消費完之後，市局機關的同志在大堂笑容可掬地迎接我。單他們早就埋好了。當他們問我感覺如何時，我就揣著明白裝糊塗，說："晚上喝高了，一進去就睡著了⋯⋯"

當然，他們如此接待我，也是有目的的，我早就料到了。

天下沒有免費的午餐，羊毛出在羊身上。果然，他們提出來，在發行折扣上，能不能再讓利五個點？這個嘛，可以考慮。吃人家的嘴短，拿人家的手軟，更何況幹了那號子事。誰要他們是發行大戶？做生意嘛，講究薄利多銷。我多麼豪爽，一下子就給他們的小汽車統統多安了兩個輪胎。

26.物質與精神的不平衡，最終將他異化了。（老黃）

鄭老闆大概染上了"性癮"。好比染上毒癮的人不吸毒，整個人會抓狂一樣，要是沒有女人，他的生活也難以為繼。女人成了他最大和唯一的興趣，成了他最重要的支柱與寄託。

每個週末，他都開著小車外出找小姐，這幾乎成為一條定律。有一回，單位的小汽車因為出了故障，在修理廠修理，他就開著拉書的小貨車去。一到目的地，他就習慣性地將車牌遮蓋起來。

如果沒有公款接待，他就只有自掏腰包了。為了盡量延長做愛時間，他出發之前吞了一粒偉哥。畢竟是上了年紀的人，歲月不饒人啊。一分鐘是那麼多錢，一粒鐘也是那麼多錢，時間太短自己可就虧大了。不過，買偉哥又是一項額外的支出。為了彌補這方面的損失，他希望小姐降低一點費用，因此跟她討價還價。小姐一看是個老傢伙，猜他沒有多少能耐，保不准像送牛奶的，送完即走人，少五十塊就少五十塊，做生意講究薄利多銷嘛。誰知偉哥的藥效發揮了，他越戰越勇，越勇越戰。半個小時過去了，他半點沒有偃旗息鼓的意思。老娘這回可算是撞見了鬼，倒了血黴。算了，算了，快下來吧，老娘不幹了，錢我也不要了。前面的半個鐘頭，算是老娘學雷鋒，獻愛心，參加志願者活動。當然，偉哥的另外一半功力，使他在另一個小姐身上得到了淋漓盡致的發揮。

如果換作我，想到貧困山區，想到希望小學，想到社稷蒼生，如此窮奢極侈，如此醉生夢死，如此肉欲橫流，我難道不心懷愧疚嗎？

說到這裡，我可要說自己兩句了。你呀你，迂腐得很。現如今，如範公那樣，先天下之憂而憂，後天下之樂而樂，陰陽兩界，又有何人？眾人追求的是感官刺激，聲色犬馬，爽翻天，樂到死，方善罷甘休。

在職務上，他可以說是到頂了，再怎麼樣，也不可能當廳官。這難免令他感到失落，感到空虛，感到沒勁。他以前做副處的時候，方向明確，朝著正處的寶座一路狂奔。現在卻一下子失去了方向感，不知自己要往哪裡去。這就好比登山，過程儘管艱辛，但總是美麗的，而一旦到達山頂，便平添惆悵，因為山上或許什麼風景也沒有。

在物質上，他實現了前所未有的富足。碼頭占得好，想不賺錢都不容易啊。賺錢不費力，費力不賺錢。不用費什麼功夫，財富就滾滾而來。俗話說："男人有錢就變壞，女人變壞就有錢。"私欲在他身上不斷地膨脹，頹廢的心理像一根野藤在他內心悄悄蔓延。物質與精神的不平衡，最終將他異化了。好比一個人走路，一條腿長，一條腿短，不小心跌進了深淵裡。

欲望像一條貪婪的蛇，將他的靈魂咬空了，只剩下一副軀殼。我甚至懷疑，那一年死去的不是我，而是他。只有在做愛的時候，他才感覺到自己的存在。笛卡爾說，我思故我在。而他，卻是"我交故我在"。

27.明明覺得他有問題，可又找不到證據，我心裡像貓抓一樣的難受。（傅總）

　　老鄭經常往西莞跑，問題還不是和尚頭上的蝨子——明擺著？西莞是什麼地方？那是"世界性都"，是全世界的男人心馳神往的地方。每逢週末，從香港方向開往西莞的專列都是清一色男人，包裡裝的都是情趣用品，被坊間戲稱為"炮兵團"。有一年西莞開展掃黃運動，西莞小姐緊急避風，從西莞機場起飛的幾個航班，除了機組人員，其餘全是青春靚麗的小姐，乃名符其實的"飛機"。往西莞跑的人，臉上往往被貼上"好色"的標籤。不過，如今在坊間，"好色"已經演變成了一個"褒義詞"。

　　老鄭的生活作風問題，說嚴重也嚴重，說不嚴重也不嚴重。我琢磨來琢磨去，總覺得這記拳打出去，份量好像還不夠重。一個成功男人的背後，必定有一個女人；一個腐敗男人的背後，必定有一群女人。自古貪官多好色，十個貪官九個色。官員倒臺，往往有男女問題；但官員倒臺，並不僅僅是男女問題。再說了，這一條證據也不好收集，要拍到一段活色生香的視頻，或者捉住幾條活蹦亂跳的蝌蚪才算鐵證。之前報紙上的消息，湖南有人為了收集官員嫖娼的證據，指使小姐將用過的安全套收藏起來，存放在冰箱裡，真是用心良苦。所以必須進一步挖掘，他有沒有經濟問題，這才是最致命的。打蛇要打七寸，問題要抓住要害。

　　佔有欲強的人，必定貪婪。貪婪就像魔鬼，會將一個人的道德與良知統統吃掉。所以，貪婪之人必定腐敗。一個人心中若是沒有貪念，必定能保持清廉。我以前採訪過一位名家，他喜歡喝白開水，越喝越甜；他喜歡喝白粥，越喝越有滋味。他住在一棟簡陋的老房子裡，覺得很舒服，也不打算購置新房。他說：“縱使珍饈羅列，我也只有一個胃；縱使廣廈千間，安睡亦只需一張床。弱水三千，只取一瓢。欲壑難填，知足常樂。最後，容我們全部的，無非是一個小小的骨灰盒。”有一家公司欲出一百萬請他代言一個產品，被他婉言謝絕。他的口頭禪是，要那麼多錢幹什麼。當今之世，又有多少人能有如此之境界？世人一個勁地往錢眼裡鑽，結果被錢卡死了，套牢了，成了錢的奴隸。時代好像又倒退至“奴隸社會”了。

　　前不久，老鄭裝修了房子。我雖然住在他隔壁，可我從未去過他家。當然，他也從未到我家來過。這也算是一種公平。“雞犬之聲相聞，老死不相往來。”據說，他把客廳命名為廣播電視廳，把過道命名為交通廳，把書房命名為文化廳，把電腦房命名為資訊產業廳，把廁所命名為衛生廳，把廚房命名為食品藥品監督局，把閣樓花房命名為林業廳，把夫妻臥室命名為人口與計劃生育委員會，把老人房間命名為社保局，把小孩房間命名為教育局，把保姆房間命名為勞動局，把院子裡的雞窩命名為“天上人間夜總會”。怎麼不在大門口整一招牌，叫自治區人民政府？令人捧腹大笑。據去過他家的人說，他家裝修得富麗堂皇，超酒店五星級，簡直像一座宮殿，在那裡走路都不敢用力，生怕踩壞了什麼。他以前吝嗇得如過河時屁股縫夾水，怎麼這次花錢則如大浪淘沙？他家裝修和辦公室裝修時間相鄰，並且是同一家裝修公司在做。我懷疑他用的是公款。可是查看賬本，卻沒有發現破綻。能給你看的，肯定做了手腳。他和小糜可謂 "黃金搭檔"，兩人沆瀣一氣，狼狽為奸。我還悄悄地找過那個包工頭，準備 "採訪採訪" 他，可他忽然 "失蹤" 了。據說，他有八個老婆，有幾房太太帶著孩子正找上門來，索要生活費，他沒有辦法，只好玩失蹤。我想，即使找到了他，也 "採訪" 不到有價值的內容。他們事前肯定統一口風，建立了攻守同盟。

明明覺得他有問題，可又找不到證據，我心裡像貓抓一樣的難受。

28.你想整別人，別人也想整你。（老黃）

　　我看，傅總是誤入歧途了。為了那半級，跟鄭總較上勁了，一心要扳倒他，不惜扭曲自己，值不值得啊？你們將百分之七十以上的時間和精力用在爭權奪利上，用在人與人的鬥爭上，真正用來工作的時間還不到百分之三十，這是多麼悲哀的事！

　　在我以前的印象當中，你胸懷坦蕩，光明磊落，敢於仗義直言，怎麼現在也像鼴鼠一樣，鑽入地下，搞起陰謀來了？是你隱藏得太深，還是我壓根就不認識你？

　　你也許會說，老鄭在那個位置上不太合適了，你是出於正義。當然，你能找到冠冕堂皇的理由，但是你無法否認，你這樣做是有私心的，懷有自己不可告人的目的。你想將鄭總趕下臺，然後奪了他的位，是不是？你敢正視自己的靈魂嗎？

　　你看你，這段時間，為了這事，心神不寧，煩躁不安，飯也吃不香，覺也睡不好，背馱得快成對蝦了，頭髮比白還要白，人看上去更顯蒼老了。你乘坐公交車，那些已經退休的老人還站起來給你讓座。這是何苦呢？不是自己折磨自己嗎？手持沒有柄的刀子，自己也會被割傷的。

　　走到陽光中來吧，走到曠野上來吧！不要在陰暗的小徑上越走越遠，不要在渾濁的泥潭中越陷越深。在一個文明的社會裡，人與人相互信任、彼此包容，心靈與心靈逐漸靠近，生活充滿和諧與溫暖；在一個野蠻的社會裡，人與人才鉤心鬥角、劍拔弩張，心靈與心靈逐漸疏遠，生活充滿對立與冷漠。

沒有那半級，對你的生活幾乎不構成影響，你照樣過得很優越。跟弱勢群體相比，跟勞苦大眾相比，你已經算是活在天堂中了，真是身在福中不知福。為什麼還不知足呢？為什麼不能放下呢？正處、副處，最後都不知落在何處；正局、副局，最後都是一樣的結局；正部，副部，最後都在一起散步……你的欲望若沒有盡頭，你就永遠不會快樂。珍惜現在所擁有的，你會發現你是世上最富有的人。

你處心積慮地查來查去，有什麼結果了嗎？只是讓自己變得更加煩躁，更加苦惱。要知道，私家偵探不是你的特長，文字功夫才是你的看家本領。再說，因為你不能光明正大地去查，只能偷偷摸摸地進行，有些問題你怎麼查也查不到。

你悄悄地查別人，別人也在悄悄地查你，這是你萬萬沒想到的吧。你想整別人，別人也想整你。相互整來整去，沒完沒了。

29.我怎麼也沒有想到的是，傅總的問題沒查到，查出問題的卻是另一個人。（小秦）

因為傅總的阻撓，我的職稱沒有報成。職稱的事，我在學校的時候耽擱了，本想在這裡補回來，不料冤家路窄。同學在職稱的道路上高歌猛進，而我遠遠落在後頭，我心裡頭著急啊。

姓傅的，你好歹也在機關混了幾十年，怎麼就沒有一點覺悟？怎麼就沒有一點境界？識時務者為俊傑，不看僧面看佛面。我不知道，你是怎麼混到今天的？

我們不是沒有過過招，怎麼樣，你贏了嗎？我們隨便一活動，你那正處級待遇就泡湯了。別小看那半級，既是政治待遇，也是經濟待遇。每個月，白花花的銀子都少幾兩，你不心疼？你表面上裝作無所謂，其實你內心在乎著哩。你越是在乎，我們越是不讓你得到。看看你內心怎麼受折磨吧。

原本經過這麼一遭，你會猛醒過來，迷途知返，懸崖勒馬。俗話不是說"經一塹，長一智"嗎？沒想到你變本加厲，一意孤行。看來，不給點顏色你看看，你真不知道鍋子是鐵打的。

最近，我老公的工作有了調整，到紀工委任職。哈，傅某，你算是栽到我們手裡了。在背後查查他，揪住他的辮子，撤掉他的領導職務。老公摩拳擦掌，躍躍欲試，大有不達目的誓不罷休的意味。任何人跟機關對抗，都是沒有好果子吃的。別怪我們不客氣，是你自作自受，敬酒不吃吃罰酒，不見棺材不掉淚。

當然，在掌握確鑿證據之前，查他的事不能透露半點風聲，以免打草驚蛇。

紀工委的工作人員暗地裡查了他一段時間，竟然沒有發現他的什麼污點，大為驚訝。紀工委人力也有限，被查到的只是冰山一角。但紀工委盯上了誰，誰就倒楣了。深挖下去，肯定是能找到問題的，被查的人逃不了受處分的命運。而像傅總這樣廉潔的幹部，真是罕見。生活作風方面，也沒有發現問題。據說，他那方面有點那個，想犯錯誤也犯不了。他晚上改稿前，總要吃一粒壯陽的藥，並不是做男女之事，而是為了提神。

倒是他的太太，紅杏出牆，外面彩旗飄飄。哈哈，他老婆給他戴上了一頂"光榮"的綠帽子。這使我想起了一個笑話。有三個男人，死後去見上帝。上帝問第一個男人："你找了多少個女人？"他如實回答："婚前有好幾個，婚後也有好幾個。"上帝給一部摩托車他開。上帝問第二個男人同樣的問題，他回答："我婚前有好幾個，婚後就專一了。"上帝給一部的士他開。上帝問第三個男人，他回答："我婚前婚後都只有一個女人。"上帝給一部奔馳他開。有一天，開摩托的看到開奔馳的在路邊哭泣，說："你現在不是挺好嗎？開著奔馳，多威風！為何傷心？"他說："我剛才在路邊看到我老婆，她騎的是自行車……"

這也怪不得她啊，情有可原。沒有那方面的樂趣，活著還有啥意思？要是我先生那方面不行了，我肯定也會……女人沒有男人，就像魚兒沒有水，花朵沒有了空氣，怎麼活得下去？

　　說實話，我對傅總的恨轉化成了敬意。一不賣淫，二不嫖娼，三不貪污，四不受賄。好幹部，挑著燈籠也難找啊！這樣的幹部不應該受到貶謫，反而應該獲得提拔、重用。這樣的領導多一些，紀委的工作就會少一些。

　　我怎麼也沒有想到的是，傅總的問題沒查到，查出問題的卻是另一個人。

30. 人與人，為什麼非要鬥來鬥去呢？（小秦）

　　銀行卡！鄭總居然明目張膽地接受了辦公室贈送的銀行卡，價值還不小。這錢能隨隨便便要嗎？君子愛財，取之有道。別看他一副道貌岸然的樣子，其實財迷心竅。

　　查他？還是不查他？

　　鄭總是幫過我們忙的，要不是他，我的工作還調動不成。查處他，那不等於恩將仇報嗎？打打馬虎眼，睜一隻眼，閉一隻眼得了。再說，那錢畢竟還是單位賺來的，比起貪官拿納稅人的錢，在性質上還沒有那麼嚴重。叫老公他們趕快打住，不要再查了。這事就到此為止，誰也不要聲張出去，就當這一切根本不曾發生。

　　正當我們為鄭總唏噓感歎的時候，傅總忽然向我伸出了橄欖枝。他找我談話："這段時間讓你受委屈了，你從今天開始做編輯吧。報社的編輯都是從做校對開始的。年輕人，什麼事都做做，對自己也是一種鍛煉……"我一點心理準備都沒有，頭頂像有什麼炸開了，他最後說什麼都沒聽進去。

　　傅總寬宏大量，不計前嫌，以德報怨，將我們置於羞愧的境地。我們在背後說了他多少壞話，他的正處級待遇沒有落實也是因為我們破壞的結果。我們還有更狠的一招，想撤掉他的職務，只是沒有查到他的問題。而我，不過是幹了一段時間的編務，職稱沒有評上而已。職稱嘛，來年可以再評，晚評一年也無所謂。相比這下，他虧可大了。我覺得對不起傅總。

我覺得做編務也挺好的。在這個崗位幹了一段時間，我倒適應了這個角色。雖然是打雜，但是沒有任何壓力。再說，單位的事情也不多。更重要的，跟做編輯相比，工資也沒少拿多少。讓我做編輯，我則要調整自己，重新適應了。

生活真會捉弄人——你努力想得到時，你卻得不到；你不想得到時，你卻得到了。

到這個單位後，我覺得我的心性都變了，變得煩躁、狹隘、尖刻，甚至還有點狠毒。以前的我，可不是這樣子的，性情溫和，心地善良，柔情似水。現實就像一個粗礪的大磨盤，將我的心磨硬了。我多麼想回到從前，找到過去的自我。

恨就像一劑帶毒的藥物，長期服用，會出現中毒的症狀：心靈變得狹窄、陰險、齷齪……幸好傅總及時同我和解了，要不，我中毒會更多、更深。

人與人，為什麼非要鬥來鬥去呢？活得多累啊！為什麼就不能和和氣氣，和諧共處？

31.革命尚未成功，同志仍須努力。 （傅總）

　　我跟小秦矛盾升級的時候，老鄭卻採取了隔岸觀火的態度。因為她，分散了我的精力，減輕了他的壓力。他老謀深算，希望我和小秦繼續對立下去。我在反思，鬥爭的策略是不是出了問題？要不要反其道而行之？

　　我跟老鄭的矛盾屬於敵我性質，鬥爭是尖銳的，不是你死就是我活，是主要矛盾；而同小秦的矛盾屬於人民內部性質，是可以調和、化解的，屬於次要矛盾。

　　小秦的老公到紀工委任職了，即使我查到了老鄭的問題，還不是要舉報到紀工委去？紀委可是厲害的角色，掌握著諸多官員生殺予奪的大權。一個小小的科長下去，市長大人都畢恭畢敬，點頭哈腰，不敢有絲毫的怠慢。他們走到哪裡，哪裡的土地都要抖一抖。官員們在開會的時候都提心吊膽，因為有一次會議進行到一半的時候，忽然打斷，紀委的人走進會場，宣佈要帶走一個人。台下的官員神情慌張，臉色發白，有的雙腿發抖，有的壓根不敢抬頭……紀委將人帶走後，留下的人長長地籲了一口氣，但會場裡彌漫著一股尿臊味，不少人的座位全濕了。每開一次會，都要更換一批凳子，浪費了國家的資源。會務組別出心裁，在凳子上套上薄膜。以後開會，只要更換薄膜即可。再後來，會務組覺得凳子上的薄膜完全是多餘的，便把它們全部去掉了,因為與會的官員有備而來,穿上了紙尿褲。

小秦是可以團結的對象。再跟她僵持下去,是不是有點不識時務?

拉攏她,應該不是件太難的事。當初,我不讓她做編輯,這成了她的一個心結,也是矛盾的根源。打開這個結,編輯部開門接納她,矛盾不就迎刃而解了?

幾年前,我是說過她不適合做編輯的話,怎麼現在又可以了呢?口是兩塊皮,說話有轉移?常言道,君子一言,駟馬難追。說過的話,潑出去的水,覆水難收。這樣做,豈不是自己打自己的耳光?

要用發展的眼光看問題嘛。她過去不行,並不等於她現在也不行。她以自然投稿的方式,還在本刊發表過一篇文章,證明她是有一定水準的。要知道,自然來稿的命中率相當低,只有五十分之一。她做了一段時間的編務,對編輯工作耳濡目染,讓她做編輯也是順理成章之事。這是一套話語體系,是準備在公開場合說的,為的是打消單位的議論。我內心當然明白,沒有永遠的朋友,也沒有永遠的敵人,只有永遠的利益。

小秦爭取過來之後,還記著老鄭的好,因為他當初落實了她的工作調動。我總不至於暗示小秦,讓她先生去查老鄭吧。小秦一告密,自己可就吃不了兜著走。

漸漸地,廳機關關於我的流言少了,我的輿論環境似乎有所改善。過去,小秦夫婦在背後不知說了我多少壞話。一個人的嘴巴就是一個媒體,一個女人的嘴巴就是一個優秀的媒體。

想讓新聞快速傳播，最佳方式就是告訴女人。我心裡盤算，即使掀不翻老鄭，好歹也要弄個正處級待遇。繞來繞去，最後又繞回老路了。再打報告上去，獲批的機會應該很大，可是老鄭沒有再就此提議。

革命尚未成功，同志仍須努力。

32. 傅總的算盤也落空了……（老黃）

　　小秦的先生在下面檢查工作時遭遇車禍，被送至醫院救治。他的生命雖無大礙，但下半身損傷嚴重，尤其是命根子……

　　無疑，他受的傷屬公傷。機關領導像走馬燈似的去慰問他，叮囑他不用擔心工作，安心養傷。

　　得知小秦先生遇車禍的消息，傅總的心也活絡起來：去醫院探望探望，正是修補關係的好時機。小秦已是編輯部的成員，他們之間的裂痕在慢慢地縮小、彌合。作為編輯部的領導，關心、慰問下屬家屬，也合情合理。過去，大家都扭著，意氣用事，雙方都說了一些不好聽的話，做了一些不理智的事。過去的事情就讓它們過去，不要再提了，重要的是向前看……

　　傅總在他的病房外等了老半天，才有機會進去探視，因為裡面一直有客人。他住院之後，探望者一撥接一撥，絡繹不絕。來人都別有用心，借這個機會跟紀工委的人套套近乎，以後有什麼問題時望能網開一面，手下留情。

　　客人前腳剛走，傅總後腳就踏了進去。只見病房裡，擺滿了水果和鮮花，像是正在營業的水果店和花店。來人大多不會兩手空空，買什麼禮物頗費思量。貴重禮品，他們不是買不起，也不是不願意花這筆錢，只是這有行賄的嫌疑，領導也未必肯收。再說，他們領多少工資，組織是最清楚的。沒有灰色收入，不搞貪污腐化，日子過得也不是特別寬鬆。所以，還是低調一點好。捎籃水果，買束鮮花，大概比較合適。所以，他們不約而同地作出了這樣的選擇。

　　儘管他連軸轉地會客，比上班時還忙，但精神尚好，不見倦容。見到傅總，他似乎想起身，以表達內心對一位清廉幹部的敬意，可是終究沒能站起來。

　　"傷勢不重吧。"傅總走到床頭，關切地問。

　　"還好，只是兩腿受了點傷。"小秦的先生避重就輕，省去了兩腿間那檔子事。

　　"多多保重啊！"

　　緊接著，傅總將話題轉到小秦身上："小秦上手非常快，編輯部會好好地培養她。以前，她做編務工作，確實讓她受委屈了……"

　　"做編務也是一種鍛煉嘛。您是資深編輯，經驗豐富，工作認真負責，我讓她多向您學習。"

　　"哪裡哪裡！"傅總沒有忘記他此行的目的，"希望您早日康復，到雜誌社來指導工作……"

　　這時，外面響起敲門聲，鄭總進來了。

　　傅總撞見鄭總，臉上有點掛不住，連忙告辭了。

　　小秦的先生見到鄭總，心裡有點不悅，只是臉上沒有寫出來。鄭總是有問題的，到底要不要查他，他內心是有過劇烈掙扎的。按組織紀律，應該查處；從人情的角度出發，又犯猶豫了……有人抱怨老百姓不好當，殊不知，當官也有當官的難處。

　　鄭總八面玲瓏，豈會錯過這樣的機會？他這次來的目的，不用我贅述，大家都懂的。

　　一個星期之後，小秦的先生出院了，重返工作崗位。沒隔多久，他的工作進行了調整，離開紀工委，去了機關服務中心。他從內心的掙扎中擺脫出來，覺得輕鬆了許多，舒坦了許多。

　　傅總的算盤也落空了……

33.我沒想到，對此反應最激烈的竟然是她……（鄭總）

　　過幾年，我就退休了。我一退，老傅差不多也要退了。單位領導青黃不接，是該考慮接班人的問題了。從內部產生？扳著指頭，將單位的人馬輪個數一遍，也找不到合適的人。最怕廳機關到時空降一個，辛辛苦苦攢下的幾千萬拱手送給一個不相識的人。他們在機關待久了，別的本事沒見長，花錢的本事還是挺厲害的。反正花的是納稅人的錢，又不要他們賺。沒有經歷過創業艱辛的人，哪裡懂得珍惜？大手大腳慣了的，怎麼可能會過緊日子？肉吃慣了再喝湯誰願意？再大的家業到了他們手上都有可能敗光。想到這裡，我就憂心忡忡，晚上睡覺都不太安穩。

　　那麼多錢，自己怎麼捨不得花？辦公室小糜多次提醒我。說實話，單位沒有少花錢。這些年，編內職工的收入相當不錯了，起碼是臨時工的十幾倍。這屬機密資訊，是不能公開的。可他們還嫌少，背後說我是"鐵公雞"，吵著嚷著要單位發金條。人心不足蛇吞象。在待遇上，他們向高標準看齊；在工作上，他們卻向低標準看齊。對照一下小王，人家幹了多少活，又拿了多少錢，他們應該感到羞愧與難堪，應該感到滿足與幸福。小王就是他們身邊的一面鏡子，可是沒有誰去照一照，總以為坐享其成是天經地義的事。

　　這麼大的一個家當，一定要留給自己扶持起來的人。等我退休之後，我還能發揮個人的影響力，他自然也會照顧到我的利益。既然內部產生不了，那就從外部引進。先把位置占好，免得機關到時安插。

　　這時候，機關刊物協會的顧會長向我推薦了小段。小段是內地一家機關刊物的常務副總編，年輕，工作能力強，做事穩重，為人正直、誠懇，有到這邊發展的意向。我一聽，心裡一動，覺得此人可以考慮。其實，小段我早就認識，他到這邊出差時，接待過他幾回，對他印象不錯。單位正出現人才斷層，急需填補。既然他有意，那就先把他調來。當然，接班的意思，現在不是挑明的時候。他能否繼位，還要看他的造化，要看時局的變化。

　　他有高級職稱，調動辦理應該不會太難。職務我都考慮好了，老傅為常務副總編，小段為副總編兼編輯部主任，協助老傅開展工作。

　　我沒想到，對此反應最激烈的竟然是她……

34.單位新調來了一個副總編，這消息 對於我來說無異於晴天霹靂。 （貞姐）

單位新調來了一個副總編，這消息對於我來說無異於晴天霹靂。

我的副編審職稱已經順利到手了，也有資格當副總編，可他們壓根就沒有考慮我，根本就沒把我當盤菜。自從我到了圖編室，我就成了殘羹冷炙，即使扔掉也不足惜。一看這樣的佈局，我就知道自己的位置了。前程徹底完了，我只覺得兩眼發黑，身子不停地往下墜，掉進了一個無底的深淵裡去了。

狗急跳牆人急瘋。我簡直無法控制自己，一頭撞進姓鄭的辦公室，歇斯底里——為什麼不聘我做副總？他輕鬆地把球踢給了姓傅的。逮到機會，我又質問姓傅的。他又輕鬆地將球踢回給了姓鄭的。兩個混賬王八蛋，一個鼻孔出氣。他們兩個是死對頭，可在欺負我這一點上，卻很有默契。我詛咒他們不得好死，遭天殺雷打火燒，坐汽車撞死，坐飛機摔死，坐輪船淹死，死後上刀山，下油鍋，剝皮挖眼點天燈，進十八層地獄，永世不得超生……我操他們的娘，操他們的奶奶，操他們祖宗十八代。憤怒使我忘記了自己是個女人，什麼粗話髒話都罵了出來。

我去廳機關人事處投訴：我有副高職稱，是高級知識份子，單位對我有成見，不聘我做副總編。他們給我的解釋是：職稱與職務是兩回事。你有職稱，說明你有相應的業務能力，但單位可以聘你（做副總編），也可以不聘你。應聘某職務得有職稱，但並非有職稱的人全聘得上。這麼說，單位領導想欺負誰，誰就成了倒楣鬼。你有氣無處撒，有冤無處伸。鄭傅兩個大男人知道捏得住我一個弱女子，才敢如此無法無天，為所欲為。我覺得自己像竇娥一樣冤。老天啊，你也為我來個六月飛雪，以證明我的冤屈與不平。如今這個年頭，脫衣能出名，犯賤能出名，就是有冤不能鳴。

我以前想得太天真，太幼稚，也把他們想像得過於仁慈，以為取得了副高職稱，職務也會有相應的晉升。現實將我的夢想擊得粉碎，我的心在滴血！

之前，我為職稱努力的時候，還沉得住氣，靜得下心，看了一些書，做了一些研究，寫了一些文章。可是當我明白這一切只是空中樓閣、鏡花水月，所有的努力都付諸東流的時候，整個人似乎被抽空了，我的世界瞬間坍塌了。

我一生氣，胸口就脹疼，乳房裡又冒出了腫塊。我在他們面前大打悲情牌，哭訴身體出了毛病，眼淚像決堤的黃河水，汪洋恣肆。可他們臉上的神情，似乎是半信半疑，我恨不得撩起上衣，讓他們摸一摸。不論我怎樣哭訴，他們都無動於衷。這些鐵石心腸的傢伙，良心早就被狗吃了。我覺得我的肺都要炸了，真想一頭撞死他們，同歸於盡。

莫名其妙地，我開始想念起老黃來了……

35. "我早放下了，你為什麼沒有放下呢？"（老黃）

　　貞姐原來想做副總！巾幗不讓鬚眉。燕雀安知鴻鵠之志？不過，她的願望最終沒有達成。像她這種"兩面派"，鄭總傅總都不可能幫她說話的。一旦當上了副總，就等於進入了單位的"常委"，擁有決策的權力。鄭總擔心她跟傅總穿一條褲子，而傅總也擔心她跟鄭總穿一雙鞋。不管她站在哪一邊，都會讓對方吃不了兜著走。所以，鄭總和傅總都不會把她推舉到那個位置上去。可以說，她在單位的政治前途已徹底完蛋了，可她還蒙在鼓裡，一門心思地往那個位置上爬，這跟緣木求魚又有何區別呢？

　　當然，如果她換個單位，也許命運會出現轉機。可是，在溫室裡呆久的人，怎麼能適應外面的暴風驟雨？被圈養久了的，再放回大自然，恐怕也是凶多吉少。

　　假如她舅舅還在位的話，情形可就大不相同。正所謂，朝廷有人好做官，大樹底下好乘涼。一人得道，雞犬升天。可是，屬於她舅舅的歌已經唱完，屬於她的戲也該落幕了。

　　另外，她還犯了一個錯誤，在副高職稱與副處寶座之間劃等號。有沒有相應的條件是一回事，能不能坐上那個位置是另一回事。比如，在閻羅王國黃土縣，能夠做縣長的鬼有千千萬萬，可是縣長只有一個。說一句不自謙的話，憑我的能力，更憑我一顆全心全意為鬼民服務的心，做一屆縣長也是綽綽有餘的，可我連候選者都成為不了。據說，現在的縣長跟閻羅王沾親帶故，誰敢同它角逐？

所以，我勸貞姐認清形勢，擺正自己的位置，戒除癡心妄想，以免徒增煩惱。

她使我想起佛經裡的一個小故事。大小兩個和尚外出，途中遇一位美麗的女子，在河邊徘徊，面帶難色。大和尚問她："施主遇到了什麼困難？"女子說："奴家欲往對岸，可不知這河水深淺，師父可否幫我？"大和尚隨即背起她，涉水而過。爾後，大和尚與小和尚繼續趕路。小和尚不解，問道："我們是出家人，怎麼能背女子？"大和尚輕鬆地回答："我早放下了，你為什麼還沒有放下呢？"

"我早放下了，你為什麼沒有放下呢？"這句話也是我想對貞姐說的。放下名利，你一定會活得舒暢，活得輕鬆，活得有滋有味，定會進入一個全新的境界。如果執迷不悟，你就鑽進了一個死胡同。我給她托過夢，在夢中勸告過她，我看她根本沒有聽進去。你們看，她現在的樣子，氣急敗壞，簡直像一條瘋狗，見誰就咬誰。

我甚至看到了她的未來，害上了憂鬱症，整日悶悶不樂，鬱鬱寡歡，最後……可悲啊，可歎！

36.我怎麼也沒想到,他談的卻是⋯⋯ (段總)

老實說,我本不想再挪動了,在原單位順風順水,可老婆是那種不安分的人,已經先行一步,跳槽到了異地。她說,只有不斷變換工作與工作地點,才能體驗生命的豐富與精彩。沒辦法,我只有跟她去。總不能天各一方,做現代牛郎織女吧。別人是夫唱婦隨,我是婦唱夫隨。

我是一個膽小的人,掉片樹葉子怕砸了腦殼,走路怕踩死了螞蟻,事事有如臨淵日,心心常似過橋時。到一個新單位,更要夾緊尾巴做人。

單位給我提供了一個處所,可惜只是一個單間。拖家帶口的,住屁股大點的地方,真是狼狽不堪。有一次,我和老婆在房間裡親熱,兒子突然回家了,我們尷尬地暫停。兒子也懂事了,面紅耳赤地退了出去。老婆意猶未盡,催我繼續,可是我再無半點興致。出門,看到兒子在院子裡轉圈⋯⋯

單位又不是沒有錢,怎麼不買套房子?錢存在那裡,慢慢地也就變成了一張紙。不買房,就等於沒有享受到改革開放的成果。老鄭真是太摳門了。對待一位副處級幹部,就像對待一名臨時工。我心裡有氣,可嘴上不語。我要是開口提要求,人家會怎麼說?瞧,工作都沒開展,一來就要待遇了。開弓沒有回頭箭,好馬不吃回頭草。想回是回不去了的,能忍則忍吧。

　　總的來說，這次調動手續還算辦得順利。不管怎樣，還得感謝老鄭。要不，我在這邊還沒有著落。過幾年，老鄭和老傅都退了，自己接班還是有希望的。等到媳婦熬成婆，這個單位就是我的天下了。當然，這還得靠老鄭提拔。自己可得小心了，凡事要順著他，千萬不能得罪他。否則，自己就死翹翹了。要讓他覺得，我是他最值得信任的人。這個光停留在心裡可不行，得用實際行動來證明。什麼樣的行動最奏效呢？我可得挖空心思想一想。

　　我進單位的那一天，我發現小貞的眼光怪怪的，似乎對我懷有敵意，好像是我擋了她的道。又不是我不提拔你，跟我有什麼關係？我到這裡來，又不是拉的關係，走的後門。你能奈我何？一隻跳蚤還翻得了天？你覺得你有冤屈，我覺得我也有冤屈。我在原單位是常務副總編，到這裡來掉了“常務”兩字，雖然是平級，可是有沒有這兩個字，情形大不相同。上面還有一個常務副總編，我實際上只相當於一個編輯部主任。

　　慢慢地，我瞭解了這裡的底細。除了老鄭老傅是名牌大學畢業，其他人不值一提。兩張大學文憑，就概括了這個單位。聽說有位姓黃的能人，可惜已經死了。當初我還以為藏龍臥虎，戰戰兢兢，而今有了“一覽眾山小”的優越感。儘管如此，自己還得戒驕戒躁。凡事小心為妙，小心行得萬年船。

　　來這裡發的第一篇稿子，我是很用心的。好歹也要露一手給別人看啊。可是老傅覺得這也不行，那也不行，將稿子改得花花綠綠。我看後，心裡頗不是滋味。在原單位，基本上是我說了算，在這裡卻淪為小編了，聽別人指指點點，說三道四。

老傅看來是一個有文字潔癖的人，在他手下幹活，必將苦不堪言。不是我吹，我輕輕鬆松地寫過幾本書，文字功夫是修煉到了家的。可到了這裡，卻過不了老傅的關。看他怎麼改的，將血抽幹了，將肉砍掉了，一篇有血有肉的稿子，給他改成了"木乃伊"。他還以為自己改得像朵花，我看像一泡狗屎。這樣的水準，怎麼看都不像大學畢業生的，連中學生都比不上。我尚且如此，在他手下幹活的其他人，難道不是度日如年，生不如死？第一次發稿尚且如此，以後呢？想到這裡，我腸子都悔青了，後悔聽老婆說什麼"樹挪死，人挪活"。

有什麼辦法呢？走到這一步，只有盡力適應他。以前，是別人適應我，到這裡翻轉過來，我要去適應別人。

老傅找我談話，我心裡感覺不太對勁，腳步都有點沉重，難道是他懷疑我的工作能力？我怎麼也沒想到，他談的卻是……

37. 其實，我這個叫惠而不費……（傅總）

如果我的判斷沒有錯的話，老鄭將小段調來，有培養接班人的意味。能不能順利接班，夜長夢多，誰也說不準。可是，萬一他接了班呢？此人不可小覷。

目前，他和我都是副總，但我的帽子前面多了兩個字，排名也在他前面，他還得接受我的領導。如果他的能力在我之上，那我這個領導就會如坐針氈。所以，領導選下屬時，總是千方百計找能力不如自己的。能力太強的，對不起，只好直接淘汰了。

看了他交來的稿子，懸在我心中的一顆石頭就落了地。他的水準嘛，不過如此。有好些問題，他都沒有發現；有好些不該犯的錯誤，他照犯不誤。晚上，我修改他交來的稿子，越改越有勁，越改越有精神。改到得意處，我情不自禁地笑出聲來。老婆聽到了，問我笑什麼。我說沒有笑。她說："明明都聽到，你卻說沒有。你沒笑，那是誰在笑呢？難道是鬼嗎？半夜三更的，怪嚇人的。"或許，那笑聲不是我發出來的，而是一個魔鬼發出來的。每個人的心中，都藏有一個魔鬼。

一直改到我的頸椎疼痛，我才罷手。沒想到，頸椎痛起來，也是那麼的妙不可言。

眼下最緊要的問題，還是如何拉攏小段。他是老鄭調來的，肯定站在老鄭那一邊。他們倆一聯合，我就不是對手了。

在下簡易棋時，兩個子排成一行，就可吃掉對方一個子。我得想辦法扭轉一下局面。老鄭是個吝嗇鬼，將人家調來，卻不肯給人家相應的待遇。這無疑給我留下了機會。

一個副處級幹部，住一個單間，怎麼也說不過去。我提議單位買套三室一廳的商品房給他使用，可老鄭遲遲沒有表態。他是想拖，能拖一天是一天，捨不得花錢，將鈔票攥得出水。作為權宜之計，讓小段住幾天，倒也無妨，但長期不當回事，沒有解決方案，人家肯定有怨言的。即使嘴上不說，心裡也會有的。我不斷給老鄭施加壓力，每次見到他都提這件事，他知道拖不下去了，終於松了口，同意購房。

我將小段找來，將這個天大的好消息告訴他。他愣了一下，似乎不相信自己的耳朵。爾後，眼裡閃出興奮的神采。這種神采在中年人身上很難看到，大多出現在初戀者的眼裡。怎麼樣，我傅某夠意思吧，送出的禮物拿得出手吧？我待你如何，你自己掂量掂量，你總不至於當白眼狼吧。

其實，我這個叫惠而不費，花的反正是單位的錢，不花白不花，收買的卻是人心。最難受的倒是老鄭，花掉這麼一大筆錢，他不知要心疼多少天啊。

38.我和他，是一艘船上的人，是一條線上的螞蚱，一榮俱榮，一損俱損。（段總）

　　如果老傅一意孤行，刻薄到底，倒為我堅定地站在鄭總那一邊提供了理由。沒想到他送這麼厚重的禮物給我，令我百感交集……

　　作為一個離鄉背井的客子，我可以忍受無數次的冷漠，卻似乎難以承受一次溫暖。

　　工作時，老傅像一枚尖利的釘子，時不時地刺入你的皮肉，讓你感到尖銳的痛苦，又像一根堅硬的刺，刺入你的喉中，讓你感到極不舒服，但是這樣一個人，在生活上卻想他人之所想，急他人之所急，慷慨之極，關心備至，給人春風拂面般和煦的感受。

　　有一次開會討論問題，碰上一個對老傅不利的議案，鄭總微笑著看了看我，要我來表態。他好像架好了槍，裝好了子彈，就等我扣動扳機了。老傅也胸有成竹的樣子，微笑著看了看我。他們的目光像是支支利箭，插在我身上，我懷疑自己變成"刺蝟"了。此時的我陷入了兩難的境地，贊成鄭總的話，就得罪了老傅；不贊成鄭總的話，就得罪了鄭總。我如坐針氈，背上大汗淋漓，呼吸也不均勻了。我支支吾吾，吞吞吐吐，好像說了很多，又好像什麼都沒有說。我剛來這裡時就聽說鄭總和老傅不和。你們鬧矛盾，搞對立，鬥死牛也好，鬥死馬也好，跟我不相關，幹嘛要將我扯進去呢？

對我的表現，鄭總肯定在心裡歎息。這樣軟弱的人，沒有原則立場，不敢得罪人，怎能委以重任，怎麼能接班？當領導就不怕得罪人啊。我悄悄地打量了一下鄭總，見他臉上寫滿不悅。

我心裡有點發毛，要是鄭總對我另眼相看，打入冷宮，我的前程就完蛋了。不管怎樣，我都要改善在鄭總心目中的形象，找機會向他表忠心。

只是這忠心如何表？對我來說，是一個不小的考驗。

一天，我腦瓜子突然開了竅，想到一個主意，在心裡連連叫好。我們原單位的賴社長，因為再也升不上去了，老覺得沒勁，做什麼都打不起精神。單位只是個正處級單位，正處級就算頂天了。他是恢復高考後第一屆大學生。班上同學，除他之外，最差的一位都混了個副廳級。假使他畢業後不進雜誌社，而是進行政單位，恐怕早就是廳級幹部了。男怕入錯行，女怕嫁錯郎。他因此覺得臉上無光。但事情在他臨退休時出現了轉機，經省委常委會討論通過，他得以享受副廳級待遇，最終挽回了一點點面子。鄭總的情況跟賴社長的情況類似，何不拿這個案例啟發啟發他？

鄭總聽我說完，兩眼放光，似乎是輝煌的前景映射的結果，手臂仿佛一下子變長了，成了猿猴的前肢。"副廳級"好像一塊閃閃發光的金子，伸出手便可抓到。但是他嘴上卻說："我還在琢磨，等到退休之後，就歸隱田園，寄情山水。我這個人對名利看得比較開，有沒有那半級，還不是一樣過？再說了，恐怕我的條件也不成熟。"

　　"依我看，賴社長的條件根本比不上您。您擺著這樣的條件不爭取，那就太可惜了啊……"

　　我極力引導鄭總往那一條路上走。假如他走通了，成功了，我就是有功之臣，就有獲得提拔的機會。他的前途就是我的前途。我和他，是一艘船上的人，是一條線上的螞蚱，一榮俱榮，一損俱損。

39.現在不同了，因為有了新的目標……
（鄭總）

當了這個單位的一把手，我反而覺得挺沒勁的，因為到頂了，再也升不上去了。老實說，我的精神也有點頹廢，沉湎於女色中不能自拔，借"女"澆愁，跟以前相比簡直判若兩人，變得連自己都感覺到陌生。以前的我，無不良嗜好，積極奮發，是党培養的好幹部。小段的提議好像平地裡一聲炸雷，驚動了我；好像暗夜裡的一道強光，讓我看到了希望。那一線希望，就像溺水的人看到的一根稻草，我得緊緊地抓住它。

我瞭解到，若想再上那半級臺階，廳機關的態度是基礎。假使他們不同意，不往省裡報材料，那就等於是空中樓閣、水花鏡月。不過，我想通過廳機關這一步應該不成問題。這些年來，雜誌社給廳裡作了多少貢獻。機關大樓裡，大到裝修的瓷磚，小到廁所裡的草紙，都是我們出的錢。他們年終慰問老同志，禮品和紅包也是我們出的。他們搞活動，要錢給錢，要車給車，要人給人。總之，要什麼給什麼。我們有的當然要給，沒有的變著法兒也要給。他們開口的，我們沒有二話。他們沒開口的，我們也知道怎麼做。雜誌社就是他們的"錢袋子"、"小金庫"、後勤產業部。這是沒有辦法的事，他們是老子，我們是兒子，有時候還要裝孫子。當然，我們也想得開，沒有廳裡的政策支持，我們賺錢有那麼容易嗎？賣命不掙錢，掙錢不賣命。他們要從我們這裡抽點稅，收點管理費，我們不應該有什麼怨言。現在，請他們出個面，給省裡打一份報告，有什麼難處呢？作那麼多貢獻，難道還換不回一張紙片？廳機關不是一直有"以人為本"的優良傳統嗎？那些上了年紀、職務升不上去的科長，統統在退休前給個副處級待遇。考慮到我的實際情況，應該再升半級，這也是對老同志的關心與愛護嘛。我們這個機關大院內，改革開放以來，在我這個位置的，有誰的資歷超過我？有誰的貢獻大過我？沒有，肯定沒有！那就破格吧。不怕做不到，就怕想不到。在中國，規定是死的，人是活的。目前還不是法治，是人治。當然，送了報告不一定批，但不送報告肯定沒戲。批不批是省裡的事，送不送報告是廳裡的事。

對照一下自身的條件，唯一不足的是職稱。我拿到副高職稱之後，一直就止步不前。我要自我批評一下了。我以前有點悲觀，心灰意冷，不思進取。副高與正高，有什麼兩樣？拿到正高，又能怎樣？再說，評正高，要考外語，這是一頭攔路虎。我先前學的外語，早就丟到爪哇國去了。再撿起來，無異于重新學一門語言。現在不同了，因為有了新的目標，不能再萎靡不振，要在職稱上沖一沖了。

要我選外語的話，那還不如選日語。我看過多部抗日題材的電視劇，多少有點日語基礎。再說，日語裡有不少漢字，雖然讀音不同，但有些意思是差不多的。所以，完全不懂日文的中國人都能夠與日本人筆談。為了自己的前途和待遇，縱使老虎也要學武松將它打死。另外，評正高，最少需要一本專著。

這些年，我都沒有動筆寫過一篇文章，頭腦不好使了，靈感也枯竭了，怎樣才能湊得上一部專著呢？這也是一件頗傷腦筋的事。

40.他的正高職稱,看來是沒有懸念了,有懸念的卻是他的副廳待遇⋯⋯(老黃)

　　這段時期,夜總會的小姐可能對鄭總有點怨言了,這位老顧客怎麼說不來就不來了?離開了女人他還活得下去?他該不會出了什麼意外?──雙規了?出車禍了?

　　他其實活得好好的,只是忙於日語學習,我替他對小姐們說聲"騷瑞"。在這一點上,我還是挺佩服鄭總的意志力的。吃得苦中苦,方為人上人。不經一番風雪苦,哪有梅花撲鼻香?我在陰間認識了一位朋友,他生前系一位民辦教師。本來,他是有機會轉正的,只是由於自身基礎差,先天不足,加之上了年紀,有畏難情緒、畏考心理,沒有參加"民轉公"考試。因為粉筆灰吃多了,他最後病倒在講臺上。死的時候,當地政府還拖欠了他半年的工資。我跟他舉了鄭總的例子,他在連連表示慚愧之餘,對鄭總佩服得五體投地。說等到他百年之後,一定跟他交個朋友,向他好好學習,爭取做一個有編制的鬼。

　　活到老,學到老,八十歲學吹鼓手,不到黃河心不死,不達目的不罷休。由此也能說明,他的"官癮"有多大。

　　鄭總發揚懸樑刺股的精神,終於通過了日語考試。至於他能講多少句日語,可不可以同日本人交流,能不能看日文資料，那只有鬼才知道了，——也就是說，只有我們是心知肚明的。那並不重要，反正他通過了外語這一道坎。在中國，在有些時候，只講形式，而不注重內容。

他的面前還有另一道坎——學術著作，看他怎麼應對。他多年在領導職位，講起話來倒是頭頭是道，滔滔不絕，但講的都是官話、空話、套話、廢話。而學術著作的要求可高了，作者要對某一問題作系統的深入研究，提出自己獨特、新穎、深刻的觀點。他"研究"得最多的是女人，學術上有什麼研究呢？與其說他在研究學術，不如說學術在研究他。

我沒有想到，這個問題很快就迎刃而解。那個新來的姓什麼段的，好像鄭總肚子裡的蛔蟲，想領導之所想，急領導之所急，主動為他排憂解難。段某某物色了一名槍手，槍手滿口應承。只要大爺給錢，一本學術著作還不是小菜一碟？天下文章一大抄，就看會抄不會抄。

一個月之後，書稿就交到了鄭總手上。鄭總翻了翻，很是滿意，將它投到了文海出版社。文海出版社經過嚴格的三審，認為這本書學術價值挺高，很值得出版，只是學術著作發行量不大，難以產生經濟效益，出版社出的話會賠本。如果作者願繳納三萬塊的補償金，就可以合作出書。

不就是三萬塊錢嘛，鄭總爽快地答應了。反正這錢也不要他自掏腰包，屬於公款消費，他大筆一揮就能報銷。

書印出來了，有磚頭那麼厚，裝幀精美，似乎很有份量。鄭總仿佛老年得子，眉開眼笑。他逢人便捧出自己的大作，並且鄭重地簽名。碰上年長的，他就稱學兄學姐；碰上年少的，他就稱學弟學妹。這本書好像一根長繩,將四海之內的兄弟姐妹串聯在一起。

為了確保職稱評審萬無一失,鄭總決定給評委們塞紅包。評委名單,是內部人提供給他的。塞紅包之事,又是段某某自告奮勇。在評審開始的前夜,段某某一一走進了評委住的房間。那些評委也沒什麼事,坐在房間裡耐心地等待別人送紅包。條件夠的,他們可以讓他們不過;條件不夠的,他們也可以讓他們過。他們掌握著生殺予奪的大權。對於段某某送來的紅包,評委們都予以笑納。有錢能使鬼推磨,有錢也能使"人"推磨。當然,這筆錢他們不會全吞,也會勻一點出來,送給職稱評審的組織者。就當是上交一點稅金吧。組織者有權請誰當評委,不請誰當評委。當不上評委,就失去了創收的機會,一年白白少了好幾萬,豈不可惜?這筆賬他們會算的,都是教授級的人物了,又不是傻瓜。

他的正高職稱,看來是沒有懸念了,有懸念的卻是他的副廳待遇……

41.在夜總會大廳裡埋單，我看到了一個熟悉的身影……（小王）

鄭總順利地獲得了正高職稱，而我通過自學考試也取得了本科文憑。

考試，無非是考人的記憶力。誰肯花時間，誰肯死記硬背，誰就容易過關。業餘時間、休息日，我都在背書中度過。儘管生活極其枯燥單調，但我還是熬了過來。編制好像前路上黃澄澄的梅子，望梅可以止渴；又好像一塊香噴噴的餅乾，畫餅可以充饑。當我想到要放棄的時候，當我遇到困難的時候，編制給了我信念和力量。拿到了本科文憑，解決了編制問題，我的身價就不同了，我就掉進了安樂窩，可以盡享榮華富貴了。書中自有千鐘粟，書中自有黃金屋，書中自有顏如玉。

拿到本科文憑的那天，我長長地籲了一口氣，好像一個長跑運動員終於跑到了終點。

攜帶著文憑複印件，我信心滿滿地走進鄭總的辦公室。一開始，我向鄭總評為"教授"禮節性地表示祝賀。爾後，跟他彙報自己的學習情況。他對我獲得本科文憑僅表示了客套性的誇獎，說年輕人愛學習，追求進步是一件好事。在這個時代，誰不學習，誰就跟不上時代的潮流，誰就會被時代淘汰。他緊接著將話鋒一轉，說現在機關招錄的大部分是博士，碩士算是最低學歷了。他鼓勵我再接再厲，繼續深造，只有不斷學習，終身學習，才趕得上趟，不至於掉隊。

聽鑼聽聲，聽話聽音。我知道編制的事完全泡湯了，猛地掉進了失望的深淵。我將他當初說過的話牢牢記在心上，好像文字雕刻在石頭上，而他或許已記不起當時作出的承諾，話一出口，便隨風飄散。

從他的辦公室出來，我迫不及待地沖進洗手間。三年前，我接觸過他的內褲，覺得特別髒，特別臭。雖然過去了三年，但我的手上仍然沾著它的髒與臭。我擰開水龍頭，用力搓洗雙手，一遍又一遍……

我被他欺騙了，被他要了。他當初開出的空頭支票，是無法兌現的，而我卻傻乎乎地信以為真。我在憤怒之餘，也責怪自己太天真，太容易相信別人。對編制寄予的希望越大，失望也就越大。好比爬竿，爬得越高，摔得越重。要是無所謂希望，也就無所謂失望了。

事後，我冷靜地想一想，附加了巨大利益的編制，怎麼可能讓我輕而易舉地得到？自己真是傻得可以。辦公室糜姐進編後，利用單位的購房補貼，很快就買了新房。現在房價漲得比火箭還快，憑我的收入買房只能是天方夜譚。網上有一則冷笑話：如果不發生自然災害，一個農民需要從唐朝開始攢錢到現在才買得起房。一個月入一千多塊的工人，週六日不休息，要從鴉片戰爭開始攢錢。一個妓女需要接客 1 萬次，如果每天接一次客，從 18 歲到 46 歲才能完成這一馬拉松式的"壯舉"，中間還不能來例假。一個搶劫犯如果要想攢夠買房的錢，需要搶劫 2500 次，而且搶劫的對象必須是白領……

　　要想得到，必須付出。一分耕耘，一分收穫。又有誰知道，糜姐付出了怎樣的代價？我沒有付出什麼，卻要想得到，豈不是癡心妄想，癩蛤蟆想吃天鵝肉？

　　這樣一想，我心裡似乎獲得了某種平衡，但自此之後，精神萎靡不振，神情恍恍惚惚。魂魄好像絲線一樣，不斷地從我身上抽走，我擔心有一天像春蠶一樣，絲盡而亡。上班時沒精打采，有氣無力。下班後回到住地，一個人飲悶酒。何以解憂，唯有杜康。一醉解千愁，一點鬱悶算個屁。我以前滴酒不沾，現在卻把酒當白開水喝。喝著喝著，眼裡湧出了酒的味道，火辣辣的。

　　有一天夜裡，我喝得迷迷糊糊的，鬼使神差地走進了一家夜總會。以前，我的思想觀念極為保守，認為找小姐的男人都是壞人。男人碰了髒女人，頭頂就會長瘡，身上就會流膿。在我的朋友圈裡，要是我知道誰去找了小姐，我立馬就將他拉入"黑名單"。現在，我顛覆了這種觀念。第一次去那種場合，我有點畏畏縮縮。明明走到門口了，又退了出來。我在門口所在的街道上走過來又走過去，走了好幾個回合。路人看到我的身影，嘀咕道："那個人喝多了……"我在心裡說，前面的不算，再走三個回合，一定進去。後面的三個回合走完，我鼓起勇氣，昂首挺胸，裝作一個老熟客的樣子，沉著穩定、從容不迫地走了進去。

　　一個打扮得花枝招展的雞接待了我。她一雙頎長的腿像仙鶴，說起話來像夜鶯，溫柔得像綿羊，像孔雀開屏一樣迅速脫光了自己，一對雪白的奶子像鴿子那樣動情地咕咕咕地叫喚著，陰部像一隻會呼吸的蛤……在她身上集合了一個動物世界。我仿佛一個朝聖的孩子，嘴裡沒有了聲音，手上沒有了動作。畢竟，我是第一次面對女人的裸體。她是我生命中第一個女人，我要好好地打量她，從上到下。儘管我知道，她的身體身經百戰，但此夜，我願意欺騙自己，將她想像成一朵出污泥而不染的荷花。她一披秀髮宛如多情的水草，兩道柳葉吊梢眉，面若桃花，膚白如梨花，渾身散放出幽蘭的香氣……她身上又集合了一個植物世界。"帥哥，還愣著幹什麼？哎喲，看你臉都紅了。害羞了？是處男吧？"她自顧自地說，咯咯咯地笑了，像一隻雞一樣──不是像，她本來就是一隻雞。"是的。"我不好意思地說。現如今承認自己是處男是一種羞恥，需要莫大的勇氣。"不要騙我啊。"她似乎不好意思了，仿佛不忍糟蹋了一件稀世寶物，但她又無法抑制內心的驚喜，好像意外地中了彩票，又好像在路上撿到了金元寶。在她的職業生涯中，碰上的處男肯定是鳳毛麟角。她抓住我的手，放在她的酥胸上。她的胸部像是有兩爐火，而我的雙手像是用白雪做的，瞬間就融化了。接著，她窸窸窣窣地解開了我衣服。她像是一位循循善誘的導師，引導我到達生命的佳境；她又像是一盞熾熱的明燈，照亮了我生命的盲區……（此處省略 500 字）我感謝她，愛她，永遠也忘不了她。

　　鐘點到了，她像情侶一樣挽著我，送我到大廳。我戀戀不捨地與她告別，將她娉婷的身影收藏在心中。該是埋單的時候了，良宵一刻值千金。

　　在夜總會大廳裡埋單，我看到了一個熟悉的身影……我本來想躲蔽,可是來不及了,他已經看到了我。頭一次幹這號事被他撞見,我臉上火燒火燎,恨不得挖個地洞藏起來。他會怎麼看待我?會不會說出去?不過,他不也來這種場合嗎?早就耳聞他好這一口,果然不是空穴來風。咱倆一個半斤,一個八兩。誰也不要說誰,相互抵消了吧。

42.天啦，這難道不是小王的功勞嗎？（鄭總）

小王？他也墮落了，來這種場合？他不是根正苗紅嗎？他年輕，又沒有結婚，有生理需求，也不奇怪，可以理解嘛。

在這裡消費屬於高消費，他拿那麼點錢，也敢來這種場合？既然撞見了他，不如讓我替他埋單吧。在這種場所裡相見，雙方都會有點尷尬。我主動幫他埋單，使雙方的為難都得到了化解。通過這一著，我等於封住了他的口。同樣，我也會為他保守秘密。雙方仿佛成了志同道合的朋友，成了一條戰壕裡的戰友，在不知不覺之中達成了心照不宣的協定。

再說，這錢也用不著我個人掏腰包。小糜很體貼，送我幾張夜總會的 VIP 卡。前一段時間，因為忙職稱的事情，沒有時間來這裡消費。再不用就過期了，裡面的錢就化水了，豈不可惜？

前幾天，我宴請了雷廳長，以彙報工作為名，實際上是為了我的副廳待遇一事。在宴席上，我想早一點提出自己的請求，又擔心遭到否決，廳領導心裡怎麼想，畢竟拿不太准，所以遲遲不敢開這個口。時間一分一秒地過去，我又想此事廳裡必然大開綠燈，不如早點提出來。

"雷廳長，我在機關裡工作了大半輩子了，勤勤懇懇，兢兢業業，生怕有半點閃失，辜負了領導的信任與栽培。幾十年彈指一揮，我很快就到退休年齡了。但是我不斷要求進步，前不久還拿到了正高職稱。考慮到我的實際情況，請求組織上跟省裡報告報告，申請一個副廳級待遇。如果獲批，我將深感榮幸……"雖然酒過三巡，我的心裡還是非常清醒的。說出來後，我覺得渾身輕快，仿佛壓著自己的一塊大石頭終於落了地。

眼下，就看雷廳的意思了。我既希望他快一點表態，又希望他慢一點表態。我最怕聽到的答案是："此事，我們再研究研究吧！""研究"基本上成了"無望"的代名詞。

他稍微頓了一下，爽朗地說："沒問題，沒問題！"說完，他親切地拍了拍我的肩膀，這動作似乎是句末的一個語氣助詞，與他所說的話構成了一個不可分割的整體。

我當時的心啊，簡直樂開了花。我甚至聞到了花的芬芳。接下來的節目，無疑是敬酒。興許是因為高興，我喝了好多杯酒，都不顯醉意。

那次請客，雖然花去一萬多塊，但我覺得很值。花再多的錢都值啊。那是我平生吃得最有價值的一餐飯了。簽單的時候，我的字寫得十分端正、漂亮。

第二天，我就讓辦公室整好材料，交到了廳辦公室。事情走到這一步，我覺得非常順利。

猛然想起，最近一段時間，筆記本上的"正"字沒有增加，很是慚愧。為了慰勞自己，我決定晚上去"嗨皮""嗨皮"，沒想到撞見了小王。

他找的那個姑娘，是夜總會的一張王牌，也曾經成為我筆記本上最為豔麗的一筆。小王沿著我戰鬥過的地方繼續前進，這事想來就有幾分滑稽。姑娘長得的確漂亮，閉月羞花，沉魚落雁，宛如仙女下凡。聽說，生意好的時候，她供不應求，等她的客人排起了長龍。前一個客人剛剛完事，她就迫不及待地大喊：「下一個，進來！」就像是某些醫生叫號一樣。她的屁股都不用挪一下，更是省去了穿衣脫衣的時間。一般人不知道，那姑娘唯一的瑕疵就是腿有點瘸。小王走後，我仔細打量她一番，發現她瘸腿的毛病居然沒有了。天啦，這難道不是小王的功勞嗎？處男的鋼火就是足啊，老衲自愧弗如，甘拜下風。他治好了姑娘的病，姑娘應該感謝她才是啊！

43.上級忽悠下級，一層忽悠一層……（老黃）

　　小王的編制，可以說鄭總忽悠了他。說實話，我內心對小王有幾分同情。從他身上，我仿佛看到了我自己的影子。我們都沒有靠山，全憑實力加肯幹。有為才有位。要是我們不能幹活，在別人眼裡，我們就成了藥渣。當年漢武帝後宮的女子悶悶不樂，鬱鬱寡歡，東方朔給她們開了一劑良藥──猛男若干條。不久，漢武帝視察後宮，發現宮女個個紅光滿面，而有一些男人卻形容枯槁。漢武帝指著他們，問是什麼。東方朔連忙回答：陛下，那是藥渣，臣立馬差人扔掉。

　　不同的是，我幸運地獲得了編制，而小王卻沒有。編制是一道中國特色的門，有人在門內，有人有門外。門內的人逍遙快活，門外的人痛苦徘徊。

　　編制這東西，捆綁著巨大的利益，人們趨之若鶩。有人信誓旦旦地說：就是死也要死在編制裡。有人擲地有聲地說：如果我死了，請把我埋在編制裡。編制也成為領導權力尋租的工具。多少人為了編制，不惜砸上十幾萬，甚至幾十萬；多少女大學生為了編制，選擇了跟領導上床。這是赤裸裸的權錢交易、權色交易。

　　在這個問題上，小王呀，你顯得不太成熟，以為自己能幹，單位就會解決你的編制問題，恃才傲物，自命清高。你有所不知，在更多的時候，編制跟利益有關，而跟能力無關。正因為你能幹，單位才聘你，給口飯你吃。倘使你不能幹，分分鐘都可以叫你滾蛋。在領導的心目中，你算什麼，充其量是一個高級打工仔。沒有你，地球照樣轉動，太陽照樣升起。

你踏入社會的時間還不長，有些認識也比較膚淺。社會是本厚重的書，值得你認真研讀。走過一些路，才知道辛苦；登過一些山，才知道艱難；趟過一些河，才知道跋涉；跨過一些坎，才知道超越；經過一些事，才知道經驗；閱過一些人，才知道歷練……

這件事如能像一滴眼藥水，讓你的眼睛變得更加明亮，更加清楚地看清社會，看清現實，那麼，壞事也就變成了好事，消極因素也就變成了積極因素。你不是搞文學的嗎？你的這些經歷，何嘗不能成為你寫作的素材？

你雖然沒有見過我，但你還得間接地感謝我。我假如不駕鶴西去，將位置騰出來，單位就不會招人。在單位裡，一個蘿蔔一個坑。單位不招人，你就進不來。這是前世的前世定下的緣分。正因為如此，我才婆婆媽媽、囉囉嗦嗦跟你說了那麼多。

我再跟你說件事，你聽後心裡也許會平衡許多。你被鄭總忽悠了，鄭總也被雷廳忽悠了。他能忽悠別人，別人也能忽悠他。雷廳在酒桌上答應以廳的名義就鄭總的副廳待遇問題給省裡打報告。鄭總幾次催問雷廳，雷廳都說交待辦公室去處理了。鄭總滿懷希望，一心做著他的"副廳夢"。幾個月後，鄭總托人去省裡打聽，壓根就沒有關於他的報告。而此時，雷廳已離開廳機關，赴某市任市長了。鄭總兩眼一黑，差點昏了過去。他也嘗到了被忽悠的滋味了吧。他一夜之間頭髮全白了，仿佛頂著一片雪花。有人問他："鄭總，你的頭髮怎麼白得那麼快？"你猜他怎麼說。他說："我以前的頭髮是染的。"挺會自我掩飾的嘛。

上級忽悠下級，一層忽悠一層，忽悠來忽悠去，你忽悠我，我忽悠你，不知道是我們忽悠了世界，還是世界忽悠了我們。

44.我在艾滋的陰影裡越陷越深，整天生活在惶恐之中。（小王）

　　從夜總會回到住地，我不敢坐，生怕弄髒了凳子，迫不及待地走進沖涼房，將頭頂的水龍頭擰至最大。我覺得跟小姐接觸過的地方都很髒，用力地搓洗，差點將皮都搓下來了，恨不得用毛刷刷一遍。想不到，我寶貴的第一次竟然給了骯髒的妓女……漸漸地，我的眼裡湧出了淚。因為水龍頭一直在噴水，分不清流淌在臉上的，哪是水，哪是淚。

　　一天早上，我忽然發現手臂上長了一些小紅點，猛地聯想到愛滋病。我查閱過有關愛滋病的一些文章，知道愛滋病人的身體上會長紅點，心裡猛地一沉——莫非自己"中獎"了？

　　第二天，我發現手臂上的紅點更多了，像滿天繁星，更加感覺到不妙。

　　我查找了網上所有愛滋病的文章，掌握相關知識之多絲毫不輸給愛滋病專家，然後對照身體的變化，以便判斷自己是否得了愛滋病。

　　一般來說，愛滋病人舌頭上會長一層白苔。早上起來，我第一件事就是對著鏡子吐舌頭。有一天，發現舌頭上出現了厚厚的一層白苔，我心中的惶恐感又增加了幾分。為了給自己減壓，我又自我否定，舌頭上有白苔說不定是晚上沒休息好的緣故。

愛滋病人的另一表徵是體重迅速下降，我又開始注意體重的變化。到體重秤上一磅，哎呀，體重又減輕了。我的心不由得往下沉，往下沉，沉到一個無底的深淵裡去了……

要是還能恢復之前的體重，也能驅散艾滋疑雲。於是，我拼命地吃飯，像鵝公呷食一樣，每餐都吃到飯菜齊喉嚨。儘管食不甘味，但我還是強迫自己吞下去。

我體內出現了兩個我，一個是肯定派，出現的諸多跡象都跟愛滋病症狀相似，恐怕是凶多吉少，難逃厄運；另一個是否定派，擔心、緊張、恐懼會導致身體出現一些變化，這是"恐艾"的結果。這兩個"我"展開了緊張的拔河比賽，有時候肯定派占上風，有時候否定派占上風。

猛吃了幾天飯，形體還是越來越消瘦。還有，晚上睡覺，不時盜汗，睡衣被汗水洇濕，就像從水裡撈出來的一樣。跟網上找的資料一對照，這又是愛滋病人的表現。完了，看來躲不過，逃不掉了。

一天，我在街邊看到一輛獻血車，有路人正在獻血。我心裡忽地一動：何不以獻血的名義……若獻血可用，則證明沒事。可是，我旋即就否定了這個想法。血站一定會對獻血進行嚴格的檢測，有問題的獻血肯定是能查出來的。

我在艾滋的陰影裡越陷越深，整天生活在惶恐之中。真正讓人恐懼的並不是死亡，而是對恐懼的恐懼。我寧願得癌症而死，也不願得這種病而死；我寧願自殺，也不願因這種病而死去。

我甚至琢磨起自殺的方式來。一是跳樓。從高處跳下，在落地之前還會產生一種墜落的快感，但一落地，腦漿迸裂，會不會很疼呀？二是跳江。跳到江裡去，江水會迅速灌滿肚子，會不會脹得很難受？三是喝毒藥。喝下毒藥之後，毒性會不會像一把刀子，在肝臟上割一刀，又在腎臟上割一刀，將人的五臟六腑割得傷痕累累，人在那時候能不能忍住？……

　　在自殺之前，一定要搞清楚是不是真的感染了那種病。要是沒有感染，豈不是白死了？豈不是自己製造了一椿"冤假錯案"？就是死，也要死得明明白白，不能糊裡糊塗。據說，有一位"老恐"，在醫院做了愛滋病抗體檢測，在等待結果的過程中，因為不堪心理壓力，跳樓自殺。最後，檢測結果出來，他是安全的。

　　而要弄清楚真相，唯一的途徑是去醫院做抗體檢測。除此之外，別無他途。這個道理我懂得，只是我……我……沒有……沒有……去醫院的勇氣。去醫院查這個東西的，十之八九不是"好人"。醫護人員對待這些人，兩眼射出冷刺，就像監獄管教對待罪犯。厚著臉皮，別人的冷眼還能忍受，最擔心的是，要是在醫院證實感染了的話，豈不是死刑宣判？不去醫院檢測，是淩遲處死，死得慢一些，死得痛苦些；而去醫院檢查，是一刀結束性命，死得快一些，死得利索點。

　　有一天晚上，在迷迷糊糊之中，我竟然見到了老黃。真是活見鬼！他笑著問我："你做了什麼好事，去扶貧了？""沒有，沒有！"我連連否認。他接著說："你看你，瘦成了皮包骨，都快變成畫片了……"醒來，才發現只是一場夢，可渾身都被冷汗浸透了。

45.他像一隻涅槃的鳳凰一樣，獲得了重生。（老黃）

在夢裡，我跟小王見過一次面。他愁眉緊鎖，形容枯槁，一副憂心忡忡、心事重重的樣子。我問他擔心什麼，他說擔心身體出了問題。我又問他哪方面出了狀況，他耷拉著頭，金口不開。我說，是不是以前犯過什麼錯誤呀？他沉吟了老半天，結結巴巴地說，以前在縣級醫院輸過一次血，懷疑自己感染了HIV。裝啊，繼續裝啊，裝作滿臉無辜的樣子，裝成一個可憐的倒楣蛋。這小子一點也不老實，不敢承認之前犯下的錯誤。那方面的錯誤，是男人都可能犯的。我沒有當面揭穿他，而是騎驢下坡，順水推舟，勸他去醫院做一次檢測，不要杯弓蛇影，疑神疑鬼，否則，沒病都會嚇出一身的病，弄到最後不是病死的，而是嚇死的。

不知他是聽了我的勸告，還是自我醒悟的結果，最終決定去做檢測。可他到了醫院門口，又沒有勇氣走進去，在那裡徘徊複徘徊，最後落荒而逃。

第二次，他走進了醫院，掛了號。他的身體又瘦了一圈，說明過去的日子裡，他無時無刻不在經受恐懼的折磨。填寫病歷本時，他遲疑了一會，杜撰了一個名字，不敢出示自己的真名。在候診室裡，他不安地走來走去。猛地，當他看到掛號單上最後三個號碼是"444"時，右眼皮不經意地跳動起來。左眼跳財，右眼跳災。一種不祥的陰影籠罩著他，他臨時決定不做檢測了。"4"的諧音是"死"，他對死異常敏感。

第三次，他又走進了醫院。此時的他臉色蒼白，好像一個紙人，一陣風就能將他刮走。恐懼像個魔鬼，喝了他的血，吸了他的肉。這次，他沒有臨陣脫逃，似乎有了視死如歸的從容。抽血時，護士對他沒有任何歧視。因為他的衣袖沒有拉上去，護士還幫他捲袖子。他的眼裡竟有晶瑩的淚花在閃爍。多麼偉大的女性，多麼美好的女性！他覺得他快要死了，這或許是他與女性的最後一次接觸。他格外珍視，格外感激。從他的血管裡抽出了血，他趕緊偏過頭，不敢去看。多麼骯髒、多麼罪惡的血，愛滋病毒在裡面像泥鰍一樣活蹦亂跳。他極度厭惡自己，鄙視自己。

在等待結果的時間裡，他去教堂裡虔誠地禱告，去寺廟裡恭恭敬敬地燒香，祈禱全世界所有的神靈保佑他平安無事，逢凶化吉，化險為夷。

三天之後，檢測結果出來，他握著報告單的手顫抖得厲害。生或者死，這張紙上寫明了答案。他迫不及待地想知道答案，又極力克制著自己，沒有立刻去查看。他閉著眼睛，嘴唇蠕動，似乎在默默地祈禱。然後，他慢慢地睜開眼睛，目光游離，一會跳到報告單最上面，一會跳到報告單的最下面，有意回避關鍵字眼。報告單上仿佛埋了個地雷，他的目光會勾動引線，引起爆炸。終於，他掃到了單子上的結論：陰性。他瞪大眼睛，對著那兩個字看了許久，好像不認識似的。確定自己沒事之後，他像個孩子一樣一蹦三尺高。在場的人都莫名其妙地看著他，以為他瘋了。驚恐像條蛇，從他身上悄沒聲息地溜走了，他感到無比輕鬆，無比愜意。

從醫院回去的路上，他覺得天空是那麼的藍，白雲是那麼的白，風兒是那麼的輕柔，姑娘是那麼的漂亮。活著是一件美好的事。感謝生活，哪怕生活欺騙了你；感謝世界，哪怕世界待你不公。學會珍惜，珍惜生命，珍惜生活，珍惜一切美好的事物。

他像一隻涅槃的鳳凰一樣，獲得了重生。

46. 沒想到，變革受阻……（段總）

為了鄭總的職稱評審，我獻計獻策，四處活動，完全當自己的事情一樣去辦──不，自己的事情都沒這麼辦過，打消了鄭總對我的猜疑，取得了他對我的信任。

因為有了鄭總強有力的支持，我在編輯部的地位得到鞏固，話語權漸漸多了起來。

俗話說："新官上任三把火。"三把旺火難燒，最起碼也要燒一把火。我提出一個變革方案，編輯部主任不再由社領導兼任，騰出這個位置，由大家競爭上崗，誰有能力誰上。是騾子是馬，拉出來遛遛。對這個方案，鄭總也表示支持。

我還提出，主任一職，對編輯部全體員工開放，不分編內編外、正式工與非正式工。此舉措針對小王而提出。他因為不是正式編制，內心有點自卑，老有抬不起頭的感覺。最近一段時間，他不知遇到了什麼事，工作時神情恍惚，心不在焉，人也消瘦得厲害，好像害了嚴重的病。其實，他還是挺能幹的，關鍵是給他一個平臺，調動他的工作積極性，挖掘他的潛能。

編輯部的"新政"推行之後，不出我所料，小王的工作大有起色。看得出來，他是在為爭取編輯部主任的位置而努力。他精神煥發，熱情高漲，幹勁十足，跟以前病懨懨的模樣相比，簡直判若兩人。

小方和小倪的工作熱情也帶動起來了。她們兩個誰也不服氣誰，暗暗裡都較了一把勁，使出渾身解數，不想輸給對方。兩人好像是在進行一場緊張的拔河比賽，雙方勢均力敵，難解難分。化嫉妒為力量，這是正能量啊。

小秦也不甘示弱，迎頭追趕。她雖然編輯經驗不足，但肯學習，大有後來居上的意味。

編輯部原來像一潭死水，水裡扔滿了破銅爛鐵，殘羹冷炙，蒼蠅在水面上嗡嗡嗡地飛。現在卻變成了一池明麗的春水，水面上映著藍天白雲，清風蕩起層層漣漪，不時，從水中傳出陣陣蛙鳴。

這一把火燒出了新的局面，新的氣象，我感到由衷的高興。可是有一個人卻不高興，他就是傅總。我無意中犯下大忌，極力表現自己，突出個人的領導才能，搶了上司的風頭。加之小方和小倪都去傅總那裡訴苦，說比之前忙多了，像打仗一樣；大家相互防備，像防敵人一樣。

在編輯部會上，傅總明確反對繼續推行我的方案。他說："最近一段時間以來，編輯部人員各自為政，人際關係異常緊張，嚴重影響到安定團結的大局。我們是一個集體，是一個團隊，單打獨鬥幹不了大事，而要發揚團結合作的精神……"

我的心上似乎被潑了桶冰水，拔涼拔涼的。一個人想做點事，為什麼那麼難呢？

主任競爭之事於是不了了之，編輯部噓聲一片。我有時聽到他們在嘀咕什麼，裝作沒聽見，快步離開，耳不見為靜啊。我知道，我在編輯部的形象大打折扣。

沒過多久，編輯部又恢復了原來死氣沉沉的狀況，但他們個個似乎喜氣洋洋，因為工作鬆弛了，不像以前，像一根繃緊了的弦，像一個上足了發條的鐘。人都是有惰性心理的。既然沒有葡萄吃，那大家都省了這份心。他們每一個人都覺得，即便是搞競爭，主任也未必是自己當。大家都沒份，他們心裡反而平衡了。

　　當然，竊喜的還有傅總，因為他借此打壓了我。

　　沒想到，變革受阻，竟導致皆大歡喜的結局。唯有我，哭笑不得。

47.她那天好像變了魔術，讓我驚為天人，有眼前一亮的感覺。（傅總）

　　小倪在機關刊物協會年度編輯作品比賽評選中榮獲一等獎，頒獎典禮在武漢舉行，協會要求每個編輯部派一名領導參加。編輯部的領導是誰？當然是我，所以我得參加。如果我不去，小段就代表編輯部了。不能讓小段搶了我的位置。加之最近家裡也有點煩，老婆的態度越來越張狂，跟她的交流也越來越少。趁這個機會出去走走，正好可以透透氣、散散心。

　　在頒獎現場，小倪成了一顆閃耀的明星。她那天好像變了魔術，讓我驚為天人，有眼前一亮的感覺。她皮膚白皙，身材高挑，氣質佳，業餘時間幫她父親經營藝術品，數錢數到手抽筋，是名符其實的“白富美”，高端、大氣、上檔次。我的目光片刻不停地追逐著她的身影，將她的一舉一動悄悄打撈起來。她那天舉止得體、大方，嘴角掛著若有若無的微笑，既顯親和，又顯自信，但沒有驕傲的成分。我下意識地揉揉眼睛，確定這不是幻覺。我一個勁地責怪自己，以前怎麼沒有發現她呢？羅丹說得好，生活中並不缺少美，而是缺少發現美的眼睛。漸漸地，我的內心泛起了波瀾……

　　我想起了灰暗的家庭生活，想起了荒蕪的情感世界，心裡一片酸楚。當初啊，我怎麼找到她，自己真是瞎了眼睛。在我印象中，她結婚前可不是這樣子，結婚後才變得無理、任性、蠻橫。女人一上臺就變，就像西方的某些執政黨。倘若不是因為孩子——那個大錯特錯的果子，我就跟她一刀兩斷，分道揚鑣了。

我得承認，我悄悄地在心裡將她和她做了對比，真是一個在天上，一個在地下。越是對比，我越發覺得小倪的美好，對她的愛戀油然而生。

我心裡響起另一種聲音：哎呀呀，一把年紀的糟老頭，還玩這種危險的遊戲。我嘗試壓制自己的情感，但是越壓制反彈越厲害。一旦心動，便覆水難收。

我知道，木早已成舟，都開始腐爛的節奏了。我和小倪不會有什麼結果，我也不希望有什麼結果。在我的心裡，悄悄地給她騰出一個位置，還不行嗎？現實本是不自由的，如果內心都不自由，那活著還有什麼意思？

開完會後，我和她去了古琴台。古琴台與黃鶴樓、晴川閣，並稱為 "武漢三大名勝"。高山流水覓知音的故事，就在古琴台上演。俞伯牙彈琴時，心裡想到高山。鐘子期聽後說： "好啊，我仿佛看見了巍峨峻拔的泰山。" 俞伯牙彈琴時，心裡想到流水。鐘子期聽後說： "好啊，我仿佛看到了奔騰不息的江河。" 俞伯牙將鐘子期看作知音。鐘子期死後，俞伯牙覺得世上再無知音了，便毅然決然把琴摔壞，從此不再彈琴。景區內建有琴堂，堂前有漢白玉築成的方形石台，傳為俞伯牙撫琴遺址。我們在那裡流連，久久不願離去。在心中，我已把小倪當成了自己的知音。我的心曲，願意彈給她聽；我的痛苦，也願意向她訴說……

　　別的且不說，就說我的待遇吧，為黨國赤膽忠心、兢兢業業工作一輩子，最後連個正處級都撈不到，好不鬱悶啊！聽聽她是怎麼總結的："一般在一個單位，幹活的是二把手，享受的是一把手；一把手像條鯨魚，而二把手則像匹駱駝……"她概括得太準確了，太到位了，簡直說到我心坎裡去了。

　　晚上，她來到我的房間，我們聊了很多，單位內外，人情世故，天文地理，三教九流……海闊天空，無拘無束。和她在一起，感覺如沐春風。我顯得特別興奮，輕易就能找到話題。我的話題沒有掉鏈子，就是想把她留下來。不知不覺間，窗外露出了魚肚白，我們竟聊了整整一宿。儘管待在房間裡，自始至終，我和她，沒有任何身體上的接觸。心靈的溝通，難道非得用肉體來表達嗎？假如上了床，我覺得就變味了，對心靈是一種侮辱，對情感是一種褻瀆。

　　過去，我沒有重用她，覺得很慚愧，對不起她。回去後，我要將她安排到更重要的崗位。等我退休之後，她還有可能接替我的位置。

48.我心裡想，為什麼還不動手啊？（倪姐）

感謝傅總的知遇之恩，我一定加倍努力來報答。

貞姐已徹底沒有機會，小王是體制外的，小秦是新手，小方不是我的對手。這編輯部主任的位置，非我莫屬。

過去沒有奔頭，大家都渾渾噩噩，得過且過。現在有了目標，有了方向感，狀態自然不同了。

當上編輯部主任，這只是第一步。更高的目標，是副總編。等到傅總退休，他的位置也騰出來了。有傅總在背後全力支持，我可以青雲直上。

那晚，在房間裡，如果他主動些，我願意⋯⋯小女子無以為報，願意以身相許。說起來很不好意思，我這把年紀了還是處女，身子沒有給過任何人呀。這片快要荒蕪的土地，沒有人開墾過。我以前相過很多次親，每次都不滿意，以為完美的真命天子在後面。等到最後，青春逝去，人老珠黃，鮮花變殘花，聖女變剩女，不是我看不上人家，而是人家看不上我了。我好比是麥田裡的拾穗者，總是想撿最大的麥穗，要下手的時候就提醒自己，最大的在後面，最後機會盡失，兩手空空，一無所有。

可是他卻像害了話癆，滔滔不絕，口若懸河，一個話題接一個話題。我心裡想，為什麼還不動手啊？或許是要等到後半夜吧。我耐著性子等到後半夜，可他還是沒有動手的跡象，不禁有點失望了。如果他的身體有點毛病，我的身子就是一味良藥；如果他身體虛弱，我的身子就是一味補藥；如果他熬夜上火，我的身子就是一味涼藥。總之，我就是他的藥，請君試用。來啊，不要光顧著說話，君子動口也動手……

可一直等到天亮，他都正襟危坐，侃侃而談，令我徹底失望了。他不是很欣賞我嗎？他不是說要栽培我嗎？發生點什麼更能顯示出他的誠意，我心裡更踏實啊。

通過這件事，我更加清楚了傅總的為人，對他的高風亮節肅然起敬。如今像這樣的領導，打著燈籠也難尋啊。權力是最好的春藥。哪個領導沒在路邊采過幾朵新鮮妖豔的野花，在外面插上幾面迎風招展的小彩旗？要是鄭總，碰上這樣的機會，還不把我吃了？恐怕我早就只剩下一堆骨頭了。因此，我像防狼一樣的防著他。他長一身的肥豬肉，看著都噁心，別說幹那事了。不過，我有時故意穿得很暴露，在他面前晃來晃去。哼，饞死他！我對鄭總的鄙視和對傅總的敬意是成正比的。

想著用身體來回報傅總，太庸俗了，我為那樣的想法感到羞愧不已。不要動身體的欲念，而要用心靈去回應他。將最好的東西永遠留給自己，誰都不給。

我把傅總改過的稿子全找出來，認真琢磨他的修改風格，仔細領會他的修改意圖，目的是迎合他的胃口，討他的歡心，減輕他的工作負擔。

為了能接上傅總的班，我在職稱上得加一把勁。除了要寫論文，還要攻職稱英語。論文倒容易對付，反正是抄來抄去，不是你抄我的，就是我抄你的。最要命的是英語，我二十六個英文字母都認不全，一拿起英語書就頭大。可是為了自己的錦繡前途，我必須硬著頭皮學習，強迫自己學習。

　　哼，那個姓方的，還想同我鬥，也不拿鏡子照照自己。等著吧，你在編輯部的好日子就要來臨了。

49. 自己當初笑別人，最後反淪為別人的笑柄。（老黃）

　　風水輪流轉。倪姐時來運轉，當上了編輯部的主任，成了傅總心目中的紅人。

　　為了排除來自方姐的阻力，傅總一不做，二不休，將方姐調離編輯部，一下解除她的編輯權。我不能不佩服傅總的"絕招"。

　　方姐的老公當什麼長的時候，她還可以狐假虎威，單位也沒有動她。她老公退居二線，她隨即就被邊緣化了。儘管職務是通聯部主任，名義上升了，實際上降了。在同倪姐的競爭中，她敗下陣來，因此牢騷滿腹，逢人便訴說自己的遭遇："做了一輩子編輯，最後竟淪落到這個田地……"職場"白骨精"（白領、骨幹、精英）演變成了祥林嫂。她有時說到傷心處，禁不住悲從中來，聲淚俱下。她背後就有人指指戳戳："瞧，這就是局長夫人啊！"像小王那樣的草根看到局長夫人都一把鼻涕一把淚，知曉人人有本難念的經，心裡就平衡了許多。

　　過去，方姐和貞姐聯繫甚少，相似的處境將她們緊密地聯繫起來。方姐跟貞姐咬耳朵："我讓你猜一個謎語，被副總寵愛，打一種疾病名稱。""偏頭痛，你不是說小倪嗎？""哎呀，你真是太有才了！你說那個妖精用了什麼'迷魂計'，把那個姓傅的糟老頭子迷得神魂顛倒，我在他眼裡都不是人了？

他和她到底有沒有那個啊？"　"你看他和她一唱一和，合作得多帶勁！據說，上過床的男女合作起來更有默契……"貞姐心領神會地說。

我倒是要站出來，為傅總和貞姐說一句公道話，他們沒有肉體上的交歡，有的只是精神上的交會。

倒楣的還有小王，他在傅總心目中的地位如江河日下。他提交的稿子，在傅總那裡通過率極低。通過的稿子，也被他砍得七零八落。有一次，小王交稿遲了些，傅總就生氣地說："這期不需要你的稿子了！"傅總把小王晾在一邊，又不直接炒他魷魚，是想讓他覺得無趣，自己走人。小王臉皮也厚了起來，你要我走，我偏偏要賴在這裡。自己走人的，啥也沒有；你炒我的話，好歹也賠我幾個月的工資。我的水準如何，大家都是有目共睹的，是你門縫裡瞧人，把人瞧扁了。

為了釋放壓力，驅趕苦悶，小王頻繁出入夜總會、歌廳、髮廊，物色小姐。他似乎成了一個頭上長角、身上流膿的"異類"，在單位裡沒有任何希望，那就破罐子破摔。模特、舞女、站街女……他都找過；高的矮的、肥的瘦的、白的黑的……他統統領略過；警察裝、護士裝、空姐裝……他儘量去嘗試。好了傷疤忘了痛，他的"恐艾症"早就拋到了九霄雲外。他還偷偷摸摸去過魂牽夢繞的東莞，體驗過舉世聞名的"莞式服務"。假使他的腳下突然發生十級地震，他也覺得無所遺憾了。作為男人，他覺得這輩子值了！不用說，他在單位領的工資，全部慷慨地送給了女人。工資用完了，他就拼命地寫稿。他的稿子在單位用不上，在外面卻很吃香，接二連三地刊發。他的文章越寫越精彩，稿費單雪花般飛來。他找的女人像滾雪球一樣越滾越多，且像選美似的一個比一個漂亮。

看到方姐與小王的落魄，倪姐心裡洋洋得意。只是，她的得意也不會太久，想接傅總的班，那終究是黃粱一夢。她幾次參加職稱英語考試，都沒過關，第二次只比第一次多一分，第三次比第二次又多了一分。照這樣下去，她不知要考多少年。副高職稱都拿不到，怎麼可能當副總編？自己當初笑別人，最後反淪為別人的笑柄。

50.我就像一隻掙脫牢籠的鳥，想要自由自在地飛翔，想飛多高就飛多高，想飛多遠就飛多遠……（小秦）

　　傅總對我不再另眼相看，我的工作也慢慢進入了角色。應該說，我在單位的幸福生活就要開始了。不料，天有不測風雲，人有旦夕禍福。老公在一次出差中遭遇車禍，生命雖無大礙，但命根子損傷嚴重。令他苦不堪言的是，從此之後，他小便失禁，只能像個嬰兒一樣，時時刻刻穿著尿不濕，一天要換四五次。還有，他的性功能徹底喪失了，我也徹底喪失了"性"福權……

　　我很不甘心，在一個晚上極力撫慰他，希望有奇跡出現，可是任我使出渾身解數，都無濟於事。完了，這輩子看來要守活寡了。雖然得到了幾十萬的補償金，可是錢有什麼用？能換來我的"性"福嗎？

　　起初，我極力壓制自己，拼命地工作，試圖在工作中尋找精神支柱與慰藉。我似乎是在進行一場挑戰，給自己看，也給別人看。沒有那方面的生活，我不是還活著嗎？不是活得好好的嗎？

　　可是，幾個月之後，我就繳械投降了。我開始失眠，經常輾轉反側，夜不能寐。體內有一個聲音扯著嗓子大喊大叫，我明明聽到了，卻不能回應它。欲望像瘋長的野草，一茬又一茬，漫過了田垤；又像卷起的浪濤，一波又一波，衝垮了堤岸。

一天晚上，我實在忍不住了，緊緊地趴在床上。起來時，發現床單洇濕了一大片……

有一次在肉菜市場，商販殷情地跟我招呼："靚女，買黃瓜嗎？剛掐秧的，嫩著呢，您看這顆粒、這毛刺、這手感、這分量……"我心裡一動，臉上一陣潮紅，忍不住買了一大堆，令商販樂得合不攏嘴。

回到家之後，我迫不及待地拉攏窗簾。屋內明明沒有其他人，我還是像做賊一樣左顧右盼了一番。畢竟是頭一回使用，我的血壓升高，心跳加速，腎上腺素上湧。由於用力過猛，操之過急，咔嚓一聲，黃瓜斷成兩截。我驚出一身冷汗，若是要去醫院取，這醜可就丟大了。

好不容易，黃瓜才取出來。我松了一口氣，隨手將黃瓜丟棄在窗外的草地上。一個民工正好路過那裡，看到了草叢裡的黃瓜，撿了起來，在褲子上擦了擦，放進嘴裡咯吱咯吱地嚼。他一邊津津有味地吃，一邊自言自語："這麼好吃的酸黃瓜，是誰扔的呢？泡它可得有一只好罈子啊。"看到這一幕，我心裡像是有一隻鴿子，咯咯咯地笑個不停。

一天夜裡，我又在床上翻來覆去，久久不能入睡，渾身高熱，像患瘧疾一樣抽搐不止，呼吸困難……哎呀呀，沒有男人也是一種病，病得一點也不輕。

我的一舉一動，老公全看在眼裡。我痛苦，他心裡更痛苦。他囁嚅著說："你要是找到合適的，你就……不要委屈了自己。我不會怪你的，全是我的錯……"說著，他的眼裡噙滿了淚。

我知道，他給我自由，內心肯定也是經受了一番煎熬的。

夫妻之間的性就像黏合劑，將男女勉強拼湊到一起。倘使沒有了性，家庭就會四分五裂，或者是名存實亡。我沒跟他離婚，維持表面上的婚姻，也算是仁至義盡了。

他這樣做也是明智之舉。他即便能守住我的身體，也守不住我的心；即便能守我的心，也守不住我的身體；更何況，他根本就守不住我的身體，也守不住我的心。我是我自己的，我的身體我做主。我就像一隻掙脫牢籠的鳥，想要自由自在地飛翔，想飛多高就飛多高，想飛多遠就飛多遠……

51.她湊到我耳邊，哆哆嗦嗦、結結巴巴地說："今夜，你……殺……殺了我吧……"（小王）

當我看到小秦胸前敞開的扣子時，我的眼睛立刻直了，血管裡的血流得很快，很快……

先前那個懵懵懂懂、混沌未開的男生一去不復返了，現在的我是風月場的老手了。辦公室裡只有我和她，她分明是在暗示我、試探我。女人三十如狼，四十如虎。她正是如狼似虎的年紀，正處如饑似渴的狀態。聽說她老公出了車禍，命根子搞沒了，她春心難耐，肯定會紅杏出牆，去外面打野食。

我內心閃過一陣狂喜。這年頭，小姐太髒，情人太累，模特太貴，同事實惠。同一個辦公室的，首先是內部供應，然後才考慮出口轉外銷。肥水不流外人田，近水樓臺先得月。雖然俗話說"兔子不吃窩邊草"，可我不是兔子。

不過，很快，我就提醒自己："淡定！淡定！"不要猴急猴急的，好像幾百年沒碰過女人似的。有點素質，有點風度，有點矜持，好不好？人家一撒餌，立馬就上鉤，豈不是太便宜她了？不如先吊一吊她。這種欲火中燒的女人，遲早逃不出自己的掌心。有一種計謀，叫"欲擒故縱"。

我迅速收回目光，裝作不動聲色、不懂風情、不食人間煙火的樣子，內心卻掀起萬丈波瀾。裝啊，繼續裝啊，我覺得自己挺能裝的，對自己佩服得五體投地。要是換作定力不好的男人，早就憋不住了，迫不及待地開房，嘿咻嘿咻去了。

我不時用餘光掃視她，發現她滿臉潮紅，煩躁不安，站也不是，坐也不是，雙腿時而夾緊，時而鬆開。看她備受折磨，備受煎熬，我心裡止不住竊喜。

當然，我心知肚明，這遊戲不能玩過頭了，分寸得拿捏好。假使她對我不再抱有希望，另覓夥伴，那就成了竹籃打水——一場空。

下班後，我去商場選了一個胸墜，作為送給她的禮物。這類小東西，既能表達特殊情意，又能討女人歡心。

第二天，我偷偷地將那玩意兒塞給她。她起初愣了一下，似乎不敢相信自己的眼睛；手下意識地縮了回去，那胸墜仿佛瞬間變成了一個燙手山芋。但是，隨即，她的眼裡又閃出了興奮的神采。

接著，我故意玩"失蹤"，刻意疏遠她。一半是火，一半是冰，令她在欲海中掙扎、沉浮。貓對於捕獲到的老鼠並不急於咬死，而是要戲弄它一番，以享受其間的樂趣。有時候，過程比結果更重要。我將這看作是"前戲"的一部分。

當我忽然出現在她面前時，她喜出望外，迫不及待地邀請我去唱歌，我不再推辭。再不抓住機會，煮熟的鴨子都可能飛走。

在歌廳裡，我盡挑情歌對唱。我知道，人在暈暈乎乎的狀態下，容易發生故事。為什麼游輪上的帥哥美女有時很輕易地就上演了羅曼蒂克，大概是巨浪把他們整暈了。進入暈乎乎的狀態，有兩種媒介，一種是酒，一種是歌。我將麥克風的音量調到最大，高分貝的音符催人亢奮。她的音色很美，比她的人還要美。我們唱得情深似海，唱得如醉如癡，唱得熱血沸騰。隔壁歌廳裡，隱隱約約地傳來一個男人低沉的滄桑的歌聲，但很快就被音樂的巨浪淹沒，好比一葉扁舟瞬間被狂風駭浪吞噬。唱著唱著，我和她有了肢體上接觸。一開始，是手拉手，慢慢地，兩人幾乎摟到了一起。我感覺到，她的身子在不停地顫抖，呼吸也明顯不均勻了。她湊到我耳邊，哆哆嗦嗦、結結巴巴地說："今夜，你……殺……殺了我吧……"

52.她猶如火山爆發一般，一發不可收拾……（小王）

　　她一進入房間，三下五除二，把自己脫光了，滾燙的身子迫不及待地貼了上來。這段時間，熊熊燃燒的欲火差點將她燒成灰燼了。

　　"你的身材真好，比你的音色還要美。" 我不忘讚美她一番，她聽後很受用。

　　在女人面前，要學會讚美，無論何時何地，也無論她是否穿了衣服。至於是否真心，那並不重要。

　　我不能不說，小秦是有編制的，捧的是金飯碗，閃閃發光，而且摔不爛，而我是沒有編制的，捧的是泥飯碗，土裡土氣，一掉地上就摔個稀巴爛。在這個單位裡，編制是刻在我心頭的一道深深的傷痕。小秦並不計較這個，看得起我，以身相許，那 "感謝" 兩字真的是說不出口的。她像一個神奇的心理治療師，暫時抹平了我心頭的傷痕。在欲望面前，所有人都是平等的。

　　我要使出渾身解數，為女編制做好服務，讓女編制飛，盡情地飛，沖上雲霄……

　　她猶如火山爆發一般，一發不可收拾……（此處省略 500字）兩個天壤之別的人，此刻天衣無縫地結合在一起。這一切，恍如夢境。我真希望，時光凝固下來，瞬間成為永恆；我真希望，生活中沒有愁苦，有的只是無邊無際的歡樂。

仿佛過了漫長的一個世紀，又仿佛只是一剎那，我漸漸地平靜下來，從歡快的雲端跌回到堅硬的現實裡。

我起身，準備清理戰場，不料她一把扯過"雨衣"，將裡面的東東稀裡嘩啦地倒在自己的臉上，像擦潤膚油一樣地塗抹。

我頓時傻眼了，一種類似石楠花的特殊腥味直沖鼻底，既熟悉又陌生。

"你這是怎麼了？"我回過神來。

"這是很好的美容產品，倒進下水道裡，太可惜了！"她眯著眼睛，用輕鬆的語調說，似乎在愜意地享受美麗的過程。

我從洗手間出來，發現她面色紅潤，膚若凝脂，更加嫵媚，簡直不敢相信自己的眼睛。莫非，自己製造的產品真的有神奇的功效？一種前所未有的自豪感、滿足感油然而生。

"你說，哪幾種女人不能娶？"她一邊"做美容"，一邊問我。

"第一種是幼稚園教師，因為她的習慣語是'再來一遍'。第二種是女警察，因為她的習慣語是'不許動'。第三種是打針的女護士，因為她的習慣語是'別緊張……放鬆'。"我在網上看過這個段子，這可難不倒我。

"還有呢？"她憋住笑，像個嚴肅的考官。

我琢磨了一下，靈感來襲，接著說："還有女編輯。女編輯約稿時說'歡迎來稿，長短不限'，要求'深入淺出'，收版面費時說'五百塊一頁（夜）'。"

　　她笑得很爽朗，像個女漢子。我以前沒想到，這個行業裡邊還有這麼深的渾水。

　　興許是受我的啟發，她的思路一下子開闊了很多，給我講了一個行內笑話——警察晚上在街邊看到一小姐，問："幹什麼的？"小姐回答："妓者。"警察又問："哪個報社的？"小姐說："晚抱。"警察再問："哪個晚報的？"小姐回："和男晚抱。"警察說："河南晚報不錯！"小姐說："這事只有晚上敢搞。"警察說："晚上趕稿確實辛苦！要多注意身體！"小姐感激地說："多謝警察大哥理解，歡迎來搞！"警察點點頭，說："好的，一定來稿，一定來稿！"

　　她說起黃色笑話來，絲毫不遜色于男人。我爆笑，差點笑出內傷。

　　投桃報李，我又回贈給她一個勁爆的段子——一美女是文藝愛好者，帶著作品找到一位男作家，懇請他幫忙修改，推薦發表。男作家翻看作品之後，色迷迷地對美女說："你的這件作品，上半部分有兩點較為突出，下半部分有一些毛糙，水分比較多，中間還存在漏洞。待我今天晚上認真地給你壓一壓，在適當位置加上我的一段，使整體充實，那樣就 OK 啦……"

　　她不甘示弱，比賽似的又講了一個："某編輯部，三位編輯分別姓楊、馬、劉。一次，編務拖長聲調喊'楊編（羊鞭）、馬編（馬鞭）、劉編（牛鞭）……'外人聽了，以為到了'壯陽專賣店'。"

　　在段子的撩撥下，她的呼吸又出現了異樣。她或許是憋得太久了，好比一頭饑餓的野牛闖進一片青翠的菜園裡，可以理解，可以理解。理解萬歲！

風狂海嘯、山崩地裂的情景又要重演了。這回，我們捨棄了"快樂雨衣"。雖然只是隔了薄薄一層，感覺可大不相同。她說："我信得過你！"我說："我也信得過你。"我那個外號"淫才"的同學曾傳授給我一招——聞，如果聞到女人下體有股惡臭味，她十之八九有性病；如果聞到女人身上有種腥味，她十之八九沒有性病。我從她身上聞到的，是一種腥中帶甜、海鮮加菊花的味道，我當然不會懷疑她。我的私生活雖然有點混亂，但是每次，我都做足了安全措施。

第二個回合結束，她匆匆忙忙地跑去浴室，又開腿，將水龍頭的開關擰至最大，一個勁地往裡面沖水。我仿佛看到，浴室的地板上有一群滿地打滾的小蝌蚪……轉眼之間，它們就變成了一群光屁股的孩子，過來扯著我的衣服，異口同聲地喊"爸爸"……

又過了一會兒，她問我："十一點整嗎？"

"還整？"我哆哆嗦嗦，心裡閃過一絲驚慌。世上沒有耕壞的田，只有累死的牛。有一個段子說，把十個男人和一個女人放在一個荒島上生活。三個月後，看到男人用轎子抬著女人玩。女人容光煥發，面若桃花。把十個女人和一個男人放在一個荒島上生活。三個月後，男人瘦得只剩皮包骨了。他躲在一棵大樹上，死活不肯下來。

"我是問時間是十一點整嗎？"她笑著說，"瞧你那樣子，我是母老虎嗎？我能吃了你？"

我長長地籲了一口氣。

我和她走到歌廳的大堂，猛地看到一個熟悉的身影……

53.那帽子像是一隻蝴蝶，輕輕地落在小秦先生的頭頂上……（老黃）

小秦和小王正要走出歌廳時，小秦的先生出現了。他喝多了，醉醺醺的，走起路深一腳淺一腳的。他們唱歌時，他就在隔壁，憂鬱地唱著滄桑的歌。

"這位是……"小秦的先生看到了小王。小王神色有點慌亂，目光游離，雙手不知道放哪兒好。

"是我們的單位的大才子啊。"小秦似乎還比較鎮靜。

"慚愧，慚愧！有眼不識泰山！"

雖然在同一個機關上班，低頭不見抬頭見，可小秦的先生似乎不認識小王。這也不能怪他，待在機關裡的人，有一種天然的優越感，眼珠子朝上，而小王是沒有編制、沒有檔案、沒有戶口的"三無人員"，除了捐款活動時有一份之外，機關其他活動都沒有資格參加，很多人對他"視而不見"。

"我父親是裁縫，所以大家都管我叫'裁子'。"小王自我解嘲。

小秦對小王笑了笑，說："你真幽默！"

"都這麼晚了，肚子也有點餓了吧，不如我請大才子喝茶。"小秦的先生顯得很熱情。

"不……不……"小王一個勁地推辭。

不由分說，小秦的先生在門口攔了一部計程車。小王的腳步像生了根，一動也沒有動。小秦一會兒看看先生，一會兒看看小王。

"別愣著，上車吧！"小秦的先生將小王拉上計程車的後排。

接著，他又去拉小秦，悄悄地跟她說："怎麼，生我氣了？"

小秦沒有言語。

一開始，小秦的先生坐在前面副駕駛的位置，他扭頭看到小秦與小王坐在一起，心裡有點吃醋，連忙下車，跟小秦換了一個位置。

車快要開動的時候，服務生急急忙忙沖出來，手裡拿著一頂帽子，大聲喊道："這位先生，您的帽子，忘了帶走！"

小王打開車門，接過帽子，將它遞給小秦的先生。

興許是燈光的作用，那帽子看起來像是綠色的。

那帽子像是一隻蝴蝶，輕輕地落在小秦先生的頭頂上，再也沒有飛走。

小秦的先生喝高了，頭靠在座位上，喘著粗氣，沒有說話，小王和小秦又不知說什麼。三個人都沒有說話，車廂裡陷入了難堪的沉默。

計程車駛過了中山一路，駛過了中山二路，駛過了中山三路，駛過了中山四路，駛過了中山五路……中山路真他媽的長。

到了中山九路的茶樓，計程車停穩，小秦付了車錢，下了車。見自己的先生依然坐在後排，她打開車門，用力將他拽下來，埋怨道：“誰要你喝那麼多酒？”

“還不是因為你？”

“因為我……”

小王看看小秦，又看看小秦的先生，覺得他們之間出現了明顯的鴻溝。

“你喝多了，喝點茶正好醒醒酒。”小秦幾乎是推著自己的先生在走。

落座後，小秦的先生盯著小王看了好久，又盯著小秦看了好久，一副沉悶的表情，眼裡閃著狐疑，問道：“你們今天晚上是怎麼在一起的？”

小王以為晚上的事情穿幫了，兩眼發直，臉頰滾燙，舌頭僵硬。倒是小秦，不慌不忙地說：“我們是在大廳裡相遇的。”

小秦的先生端起茶杯敬小王，說：“感謝你對我老婆的關照！”

“哪裡，哪裡！”小王連聲說。

小王如坐針氈，覺得茶像苦藥一樣難以下嚥，希望早一點結束這尷尬無比的局面。

為了改善氣氛，小秦在他先生面前誇小王，說他寫了許多文章，是單位的筆桿子。

小秦的先生對小王刮目相看，頻頻向他舉茶杯，反復說：“我老婆經驗不足，你能力強，請你多多關照！”

小王聽後只覺得臉頰發燒，一直燒到了耳後根，背後已汗濕了一大片。他掃了一眼小秦，卻發現她嘴邊神秘的笑。

54.人算不如天算，組織就是單位的天。（鄭總）

今早一起床，右眼皮像螞蚱一樣跳個不停，我心裡猛地咯噔了一下。俗話說："左眼跳財，右眼跳災。"我這個人原本不迷信，但心裡頭莫明其妙地產生一種不祥的預感。

上班後不久，電話鈴聲響了。我的手哆嗦了一下，沒有立刻去接，電話機上似乎帶了電。鈴聲響了好多下，估摸打電話的人快要掛斷了，又迫不及待地拿起聽筒。一聽，是人事處楊處長的電話，他讓我去一下他辦公室。

一路上，我止不住地琢磨："楊處找我談什麼呢？"以前，接到人事處的電話，我都按捺不住興奮。不是提級別，就是提工資，能不高興嗎？可是這一次，我總感覺凶多吉少，整個人蔫蔫的，腳步沉重，腿裡像是灌滿了鉛。難道要空降一位領導過來？可我現在還沒有退休呀！我今年五十七歲，按照官場"七上八下"的規則，五十七歲還有可能提拔，五十八歲就退居二線了。人走茶涼的道理我懂，難道人還沒走，茶已經涼了？

到了楊處的辦公室，他笑容可掬地讓座，表揚的話像濟南的趵突泉，噴湧而出，可我根本聽不進去，我最關心的是他葫蘆裡賣的什麼瓜。我知道，表揚只是鋪墊而已。鋪墊越多，越華麗，我心裡越是忐忑。

慢慢地，他話鋒一轉，言歸正傳。我豎起耳朵，每一句話都不肯錯過。漸漸地，我聽明白了，先前的猜想得到了證實。

一直以來，雜誌社實行總編負責制，沒有設社長。這下可讓組織鑽了空子，派張處來填補此缺，美其名曰"充實領導"。早知如此，我就社長總編一肩挑了。智者千慮，必有一失；一失足成千古恨。

我知道，這是組織的決定，已經黨組討論通過。我只有接受的份，而沒有反對的理。這杯苦酒留給自己慢慢品嘗吧。

但是，我提出來，領導體制必須明確，到底是誰領導誰，怎麼領導，社長和總編如何分工，各自的職責又是什麼。這些問題不搞清楚，工作不好開展，相互之間推諉、扯皮，產生諸多摩擦。我心想，我在單位應該屬元老級的人物，組織上忽然安排一個年輕人坐在我頭上耀武揚威、作威作福、拉屎撒尿，讓我這張老臉往哪裡擱啊？讓我情何以堪？真是羞煞我也！

楊處慢條斯理地說："這些問題，組織上都有充分考慮。鑒於單位的特殊情況，社長到任之後，仍實行總編負責制，總編排在社長的前面。不過，這只是一種臨時性的安排，是一種過渡。等到你榮休之後，體制就理順了，實行社長負責制。"

"感謝組織對我的用心！"我心裡平衡多了。

你們看，組織考慮得多認真，多周到，多細緻。依我個人的經驗，對於組織，一個人惟有討好，惟有順從，絕不能對抗，絕不能冒犯。否則，休想有好果子吃。

先前的算盤打不響了，小段接班的事從此再也不要提了，一切順其自然。人算不如天算，組織就是單位的天。

55.這只是一個過渡，熬個兩年，就修成正果了。（張社長）

　　以我的體會，一個人在某個位置幹得太好了，太久了，倒是需要引起警惕的。你幹得太好了，換作另外一個人也許沒有那麼出色，組織以為你難以替代，於是讓你一直待在那裡，升遷的機會也就錯過了。幹得沒那麼好的人可能挪來挪去，噌噌噌上幾個臺階了，你可能還在原地踏步。這是經驗之談，一般人我不告訴他。

　　我在這裡已經幹了整整七年了。七，在佛教中意味著"圓滿"，婚姻中也"七年之癢"的說法。我的位置需要挪一挪了。俗話說得好："樹挪死，人挪活。"往何處去？擺在我面前的有兩種選擇，或繼續留在機關，或去基層任職。繼續留在機關，日子過得舒服一些，但升遷的機會少一些；而去基層任職，生活上要忍受一些不便，但能換來升遷的機會。我個人是願意去基層的。只是，基層有兩種，一種條件好的，一種條件差的。中國的發展極不平衡，經濟發達的地區像歐洲，經濟落後的地區像非洲。經濟發達的地區，像是香餑餑，去的人爭破了腦殼；經濟落後的地區，像是臭粑粑，許多人避之唯恐不及。

　　我馬上想到了"東山會"的老徐，在關鍵時刻他或許能幫上大忙。"東山會"是我們的一個老鄉圈子，圈子內的人非富即貴。我們約定在東山賓館聚會，一年至少兩次，故名"東山會"。老徐在某地任"二把手",而那裡正是我想去的地方。事不宜遲,我決定專程去拜會他。

老鄉見老鄉,兩眼淚汪汪。鄉情就像一根無形的線,將彼此緊密地聯繫在一起。無事不登三寶殿。我很坦誠地說了我的想法,老徐表示盡力活動,讓我回去等消息。

沒過多久,老徐就來了電話,告訴我好消息。他那裡有一位局長,已經五十八歲了,他打算提他半級,是想讓他騰出位置。騰出的位置正是為我預留的。

我正緊鑼密鼓、有條不紊地操辦此事,不料半路裡殺出一個程咬金,那位置給人盯上了。那傢伙找到上面的人,上面的人跟那裡的一把手打了招呼。到底是上面的什麼人,連老徐都不清楚。我的事情就這樣泡湯了。

我好不懊惱,但又無可奈何。朝廷有人好做官,古往今來,莫不如此。

我只好選擇繼續待在機關。將機關的各個處室輪著數了一遍,覺得哪兒都不合適。正在鬱悶之際,猛地想起機關裡還有一個雜誌社,那是另外一片天地啊。我怎麼就把它遺忘了呢?真是太不應該了!那裡多年來沒設社長,何不去那里弄個社長當當?我早聽說,那個單位富得流油,外號叫"小伊拉克"。戰爭爆發前的伊拉克,因為出售石油資源,是很富裕的。去那裡大把"錢"途。

跟機關領導溝通這個問題,領導滿口應允,因為他的一個親戚看上我目前的位置了,希望我的去向問題早點明朗。如果我的工作不落實,他親戚的工作也沒有辦法落實下來。當然,機關裡很少有人知道領導和那個人是親戚，這是一個秘密。

只是令我委屈的是，我這個堂堂處長去那裡暫時只能當個"二把手"。雖然名義上是社長，可總編還是老大。不過，這只是一個過渡，熬個兩年，就修成正果了。在外面，誰不認為我是老大？社長的權力本來就大過總編的嘛。

一番掙扎之後，我作出了決定。

56.哎，人怎麼活得一點都不舒展……
（傅總）

社長到任的消息，在單位炸開了鍋。

我心裡像是打翻了五味瓶，不是滋味。社長的到任，徹底擊碎了我的"老總夢"。雖然他的排名是第二，但明眼人都看得出來，那是照顧到老鄭。等到老鄭一退休，社長就順理成章地接班。到那時，社長自然就是老大了。哪裡還有我的位置？我替自己感到悲哀，辛辛苦苦、嘔心瀝血一輩子，都修不成正果。

碰到這樣的安排，老鄭你也欣然接受？你還有沒有做人的底氣和骨氣？要是換作我，我一定會反對。我們是業務部門，不是行政部門。我們分分鐘可以去機關坐處長的寶座，可是我們的凳子並沒有處長大人想像的好坐。如果缺乏業務能力，無法勝任雜誌社的工作，將單位搞得一團糟，群眾意見滿天飛，再調去其他單位，也影響到組織的形象與權威啊。

老鄭，我還不知道他是怎樣的人？對上奴顏婢膝，對下頤指氣使；對上軟得像泡稀泥，對下硬得像磐石；在上級面前像條哈巴狗，在下級面前像條瘋狗。對於組織的人事安排，屁都不敢放一個。

不過，我又有點幸災樂禍。老鄭，你以為單位是你的天下，為所欲為，不可一世，現在你的對手出現了。我就等著看你們

的好戲吧。在機關裡幹過的人，都是有手腕的，爭權奪利頗有
一套，不像我那樣手無寸鐵，容易對付。你要是懂得放權、讓
權，那你還好過些；要是抱著權力不放，你的日子也不會輕鬆。
還有你的如意算盤，再也打不響了。培養的接班人小段，估計
這會也夢醒了吧。

　　現在想來，過去跟老鄭鬥來鬥去，又有什麼意義呢？就像
握著刀刃揮舞，對方可能受點皮外傷，而自己的手也是血淋淋
的。但是假如不去爭鬥，結果又會如何呢？人家以為你軟弱好
欺，你不僅屁都撈不到一個，反而可能被打翻在地，再被人踏
上一隻腳。現實是如此的殘酷，人生就像沙場。

　　我慶倖，我和老鄭的爭鬥可以告一段落了，而他和老張的
戲，才剛剛上演。

　　我做夢都惦記著我的正處級待遇，要想解決看來還得投靠
社長。對新來的社長，我的感情是複雜的、矛盾的，既想排斥
他，又想親近他。

　　我剛才還在心裡罵老鄭是哈巴狗，摸摸自己的骨頭，覺得
也是軟綿綿的。何必五十步笑百步？我和他，其實是一丘之貉。

　　有容乃大、無欲則剛的道理不是不懂，只是作為社會人，
又不是不食人間煙火的神仙，所以“剛”不起來。俗話還說：
“人為財死，鳥為食亡。”說一千，道一萬，追求利益才是
硬道理。

　　哎，這人怎麼活得一點都不舒展……

57.伸手一揭，竟然是副面具。（段總）

新社長走馬上任，對我來說無異於一場噩夢。

精心設計的棋局被他打破了，先前的謀劃轉眼成空。

很快，單位就將是他的天下。他到這裡來，是要掌權的，是要接管這個單位的，只等鄭總退休。我天資並不聰穎，但這個格局還是看得明白的。我查看了他的簡歷，不禁倒吸一口冷氣。好傢伙，比我還年輕！他在我前面擋著，我哪有出頭之日？他如果一直待在這個單位，我就只能活在他的陰影裡。

原以為慢慢熬，多年的媳婦終會變成婆，現在方明白，沒有特殊的機緣，醜小鴨終究變不成白天鵝。

張社長來之前，我在單位尚排老三，現在插進來一個，我的位次又往後挪了一位。好比逆水行舟，不但沒有前進，反而在退步。

跟鄭總談心，他絕口不談接班之事，說了一些閃閃爍爍、不痛不癢的話。我本來是想尋求他的心理支援的，誰料他躲躲閃閃，言不由衷。或許，現在的他也"壓力山大"，所以顧不上我了。

前途渺茫，我的世界陷入了黑暗。我像是病了一場，無精打采，心灰意冷，做什麼都提不起勁。

可是，在單位裡，我還得強打起精神，失意的情緒不能有絲毫外露。每天，我都小心翼翼，極力將真實的自己隱藏起來。

人生就是一場假面舞會，每個人都是出色的演員。

有一次，在洗手間，我覺得臉部僵硬，極不自然。伸手一揭，竟然是副面具。我看到了鏡子裡真實的自我。忽然，外面傳來腳步聲，有人要進來小便了，我忙不迭地將面具戴上，若無其事地走出去。

要是不來這裡，我在原單位已經是一把手了。我走的時候，老總編已經五十六歲，過幾年就退了。他多次挽留，勸我三思而行，而我當時被老婆灌了迷魂湯，去意已決。結果我提拔的編輯部主任接了他的班。腸子都悔青了吧。可是世上沒有後悔藥，卻有老鼠藥。

我來這裡，傅總心裡是不爽的，但是為了與老鄭抗衡，他又想方設法拉攏我。這是他的高明之處。而當我不能順利接班時，他又會在心裡嘲笑我，在行動上疏遠我。

哎，不去想這些了，越想越氣，越想越煩，越想越心寒。眼下，還得看張社長的臉色行事。等到鄭總和傅總退了之後，就是我和他拍檔了。要是被他拋棄，我會死得很難看的。

不過，世事多變，將來的事誰能料到呢？不要去想未來，我在這裡已經沒有未來。過一天，是一天，做一天和尚撞一天鐘。

58.手裡沒有抓到權力，心裡頭抓狂呀。（張社長）

　　去雜誌社任職，我本是抱著虛心學習的態度，畢竟自己以前沒有接觸過媒體工作。尤其是老鄭，他年長於我，又是資深的媒體人，我更應該尊重他。可是，上班第一天，就埋了爭鬥的種子。

　　我去那裡報到後，我的辦公室才騰出來。老鄭通知辦公室抬上來一張辦公桌。桌子很大，占了不少地方。他從抽屜裡找出一把卷尺，量了量桌子的尺寸，又進去量了量自己辦公桌的尺寸。見我的辦公桌大過他的辦公桌，他不高興了，馬上讓辦公室更換一張小一點的辦公桌，還假惺惺地說："擺一張小一點的辦公桌，辦公室就顯得大一些。"我雖然是社長，但總編還是老大，他不允許我的辦公桌大過他的辦公桌。辦公桌的大小預示著權力的大小。

　　我心裡倒抽了一口涼氣，看來來這裡並不輕鬆。原本以為，兩年時間，忍一忍，熬一熬，很快就會過去，估計沒有想像的容易。

　　不過，我倒也不怕他。要知道在機關待過的人，別的本事可能沒有，爭權奪利還是有點手腕的。

　　接下來，我更加清楚地感覺到，老鄭是一個權力欲極其強烈的人，權力牢牢地抓在手上。工作分工時，他僅讓我分管發行部的工作，編輯部和辦公室的工作不讓我插手。我堂堂一個社長，只相當於一個發行部主任，受窩囊氣啊。我嘴上雖然沒說什麼，但心裡窩了一肚子無名火。他還費心跟我解釋一通：

"千萬別小瞧了發行工作，它對我們單位來說至關重要。如果說編輯工作是單位的一條腿的話，那麼發行工作就是單位的另一條腿。不管哪條腿跛了，走起路來都會一拐一拐的；兩條腿都健壯，才能走得又快又好……"

另外，我的審批權也非常之小。他規定，請客吃飯低於一千塊的，可不經過他，直接報賬，但超過一千塊的，則要經過他審批。現在物價像洪水一樣往上猛漲，一千塊錢能吃到什麼呀？

第一次，我跟幾個哥們小聚了一下。他們半開玩笑半認真地說："最近我們很少有飯局，肚子裡沒多少油水，你也不幫我們改善改善生活？"點菜時，我一邊看菜譜，一邊在心裡算數，盤算著儘量不超出一千塊。那幫哥們又開腔了："盼星星盼月亮，終於盼到這一餐，生活標準總不能低於家庭生活水準吧。鮑魚、魚翅、龍蝦都來一點吧……你是一社之長，是單位的大哥大，還看不了這點小數。"結果那次超支了。找老鄭簽字時，他盤查得極其仔細，跟哪些人吃的，點了什麼菜，為什麼要吃這餐飯，好像警察在做問訊筆錄一樣。這難道不是羞辱我嗎？

第二次，第三次，我就學精了，也不管超不超，放開肚皮吃。超過一千但沒超兩千的，就開兩張發票；超過兩千但沒超三千的，就開三張發票。

　　開會時，我的話語權不多。談編輯工作，談辦公室工作，我只有旁聽的份。談到發行工作時，我則要向老鄭彙報工作情況。

　　要老鄭主動讓權，除非太陽從西邊出來。那麼，我只有奪權了。老鄭，休怪我對你不客氣，是你自己不識好歹，不識時務，是你將我逼上梁山。手頭沒有抓到權力，心裡頭抓狂呀。

59.傅總和老段的態度發生了非常微妙的變化……（老黃）

　　張社長來單位已有一段時間，沒有抓到多少實權，他的權力被鄭總架空了。傅總和老段的態度發生了非常微妙的變化，他們與張社長不即不離，若即若離。

　　"這個張社長，好像沒什麼能耐。他被老鄭壓著，大氣都不敢出。我是不能高估他了？"傅總自言自語。

　　如果張社長感覺不對勁，實際情況跟他當初設想的大相徑庭，他會不會自覺無趣，悄悄走人呢？畢竟，他是外人，又是外行……傅總和老段都在心裡思量。

　　尤其是老段，他巴不得張社長一敗塗地，夾著尾巴灰溜溜地逃走。這樣，他仍有希望接班。他的接班之心又復活了。可他又不敢明目張膽地為鄭總助陣，若是張社長捲土重來，反敗為勝，會讓他吃不了兜著走的。所以，他採取隔岸觀火、隔山觀虎鬥的姿態，在心裡卻暗暗地給鄭總鼓勁加油。

　　轉眼之間就到了年底，按照慣例，單位每個人都領到了一張測評表，測評表列上了單位所有人的名字，名字右邊對應著三個選項，分別為"優秀"、"一般"與"不合格"。測評以無計名的方式進行，可以棄權。全部選某一項的，視作棄權票。鄭總毫不猶豫，給張社長勾了一個"不合格"。傅總對著張社長的名字看了好久，仿佛不認識他似的，猶豫再三，給他勾了個"不合格"。之後，他又覺得欠妥，飛快地將單位所有人都勾為"不合格"，包括他自己。老段費力地提起筆，仿佛它有千斤重似的，給張社長勾了"不合格"，卻又顧慮重重，最後將測評表撕了，扔進紙簍裡。過了一會，他又不放心，將紙片從紙簍裡撿出來，撕成碎屑。

測評結果公佈，給張社長打"優秀"的，僅有一票，那寶貴的一票還是他自己貢獻的。單位裡的人對張社長並沒有太多的好感，認為他是幹行政工作的，未必能領導好雜誌社這樣的業務單位。所以，他們團結一致，槍口對外，恨不得將他趕走。

對這樣的結果，張社長臉色鐵青，一言不發，內心卻掀起了巨浪。鄭總嘴上沒說什麼，心裡卻喜氣洋洋。傅總和老段暗暗裡都感到高興，靜觀時局的變化。

"這是民主測評的結果，可不要怪我。這也說明群眾的眼睛是雪亮的……"鄭總把自己撇得一乾二淨。

張社長卻毫不猶豫、旗幟鮮明地將矛頭對準了鄭總："眼下，單位裡的人之所以不買我的賬，那是因為看到我沒掌握實權。要是我大權在握，他們……還不是因為老鄭？想孤立我、排擠我、打擊我？他們統一起來，想趕我走？哼，沒門！我就不信，我治不了這個小單位，治不了這區區幾十號人。總有一天，他們在我面前會服服帖帖的。等著瞧吧，好戲還在後頭哩！"

60.可是她最終還是落了下來，在地上摔成了一朵血泊之花……（老黃）

得知張社長上任的消息，貞姐歡欣鼓舞。單位要變天了？她以為她的轉機來了。

張社長上班後，貞姐就迫不及待、屁顛屁顛地去找他，請他主持公道，替她伸冤，落實她副總的職務。

人家張社長是新官，屁股還沒有坐穩，他最關心的是自己的烏紗帽，對貞姐的職務問題並不關切。再說，新官不理舊政，貞姐找他也不頂用。她跟他訴說自己的委屈與遭遇，說到傷心處，禁不住涕泗滂沱。張社長表面上在聽，心裡卻在琢磨如何與鄭總爭權奪利。

貞姐認為，社長社長，顧名思義，就是一社之長，一個單位的頭。只有社長管總編，哪有總編管社長的？她的問題不找他解決，還找誰？

我說貞姐啊，你也太執迷不悟了。你跟張社長結的是哪門子親戚，認准他會幫你？即便他想提拔你，也要在班子內部討論，鄭總、傅總會同意嗎？單位已經有兩位副總了，你的位置往哪裡安？我覺得你的想法太天真、太幼稚了。

貞姐把張社長看作最後一根救命稻草，以為他能幫她扭轉乾坤。而希望的破滅給了她重重的一擊，使她徹底絕望了。她終日愁眉苦臉，悶悶不樂，鬱鬱寡歡，茶飯不思，夜不能寐……

她害上了憂鬱症。她的乳房裡長出來一對鐵砣砣，生硬、冰冷。它們不再是氣團，在她的乳房裡生根發芽，安營紮寨。她又害怕去醫院，拒絕做任何檢查，擔心是不治之症。她覺得她的死期快要來臨了。

她選擇在週一──因為那天，單位的人來得齊一些，穿著潔白的連衣裙，從單位的陽臺上跳了下去。在跳之前，她說了一句話："老黃，我來啦……"

她的臉色蒼白，身體單薄，好像一個紙片人，又像一隻白蝴蝶，在風中輕悠悠地飄……落下去一點，又浮上去一點；浮上去一點，又落下去一點。我多麼希望，她瞬間獲得飛行的能力，自由自在地飛。可是她最終還是落了下來，在地上摔成了一朵血泊之花……

單位裡所有人都出來了，圍著她看。死亡難道是一道奇異的風景線？

"看，貞姐的眼睛還睜著啊？"發行部一位同仁說。

"快打 120！"那是發行部主任的聲音。

十分鐘後，救護車呼嘯而至。醫生一番忙亂，無奈地搖了搖頭。

我問貞姐："你的眼睛為什麼不閉上啊？"

"我說過，我的職務沒解決，我死不瞑目的，說話要算數啊！"貞姐回答我。

鄭總給貞姐的家屬施壓，要他迅速處理現場，其他的都好說。鄭總心裡想："這消息要立即封鎖，不能讓社會媒體知道了。那幫記者，都是烹飪學院畢業的，炒是他們的拿手好戲。

這一點點料，到了他們手上，都能整出一道盛宴來。怪不得社會上流傳著 '新三防' ──防火防盜防記者。"

61.老黃說得對，可惜我已經失去了生命⋯⋯（貞姐）

　　我去到一個新世界，人生地不熟，舉目無親，首先要找的就是老黃，畢竟，我跟他同事一場。

　　"我們又見面了！"我高興地說。

　　老黃似乎有點難為情，支支吾吾地說："對不起⋯⋯是我⋯⋯擋⋯⋯擋了你的道。"

　　"你這是哪裡的話？"

　　"要是我沒有擋住你的道，你也許順利地當上了編輯部主任；當了編輯部主任之後，也許就順利地當上了副總編。當上了副主編，你就不會那麼快下來了。"

　　"過去的事就不要提了，"我大度地說，"相逢一笑泯恩仇。"

　　我轉而問他："你在下面過得怎麼樣？"

　　"這關係到'以前是什麼單位'。生前是公務員的，下來以後依然牛得很，吃香的喝辣的，找情人包'二奶'，好像自己享受超國民待遇是天經地義的事。生前是下崗工人的，下來以後都不敢說以前的單位，走路時頭快低到胯下了。我一看他們走路的姿勢，就知道他們以前是什麼單位的。那些走起路來眼珠望著天上的，肯定是公務員；走起路來低頭看地的，肯定是下崗工人。按我的理解，最好的單位是政府機關，然後是事業單位，接著就是國有企業……我們的單位也算不錯啊。有一次，我在奈何橋邊散步，一個老鬼問我'以前是什麼單位'的，我說在一個機關刊物上班。他連連說'好啊好啊'。他們一家有三口人在同一機關上班，結果訂了三份機關刊物。每期刊物寄來時，他們只拆開一封就夠了，另外兩封拆也不拆，當廢紙賣了。他提出'一家只訂一份行不行'，得到的答覆是'有多少人在機關上班，就訂多少份機關刊物'。所以，他對我說：'你們的日子好過啊。'另外，依靠機關，找人辦事也方便。這年頭，小孩讀書啦，看病啦，買火車票啦，沒得一點背景，沒得一點關係，難啊。"老黃打開了話匣子。他似乎憋了很久，好不容易才碰上一個嘮嗑的對象，顯得有點激動。

"你現在最想做什麼啊？"老黃問我。

我告訴他："我最想做的，就是看看我死了之後，單位那幫人的反應。有些人，我做鬼都不會放過他們的。"

"不如讓我來告訴你好了。"老黃說，"你選擇跳樓，鄭總和傅總似乎沒有太大的心理負擔，因為你害了嚴重的憂鬱症。張社長有過一個閃念，要是解決你的職務問題，或許悲劇就可以避免了，但隨後就以歷史遺留的問題為由推卸責任，以事不關己、高高掛起的姿態，心安理得地生活。"

"我選擇跳樓，是想報復他們，讓他們背上沉重的心理包袱，活在我死亡的陰影裡。他們一點事也沒有，我豈不是白死了？"

"可是你已經不能起死回生了。請記住，任何時候，生命都是最寶貴的，把生命作為報復的手段也是不可取的。"

老黃說得對，可惜我已經失去了生命……

62.我自言自語地說："這下，你該滿意了吧。"（鄭總）

　　小貞選擇在單位跳樓，讓單位一下子損失了十幾萬元。假使她從自家陽臺上跳下，倒是不用賠那麼多錢的。

　　這事只能怪她自己，遇事想不開，心胸狹隘，一根筋到底。心胸開闊的人，何至於患上憂鬱症呢？

　　老實說，她的死，在我的心裡，並沒有引起什麼震盪。

　　當天夜裡，月光很白，我睡得迷迷糊糊，猛然聽到窗外一陣窸窸窣窣，定睛一看，窗臺上飄著一個白色女子。她披頭散髮，青面獠牙，張著血盆大口，十分可怕。

　　我渾身顫抖，像篩糠一樣，哆哆嗦嗦地問："你……你是……誰？"

　　"怎麼，才隔多久，就不認識我了？好，我讓你看得更清楚些。"

　　說著，她跳進了屋子裡。

　　她跳下來的時候，一點聲響也沒有。我心裡已經猜到她是誰了，根本不敢看她，連忙蒙住眼，緊張地大叫："不要來啊，不要來啊！"

　　"怎麼啦，害怕了？"她的語調還是挺溫柔的。

　　她在屋子裡環顧了一下，說："第一次參觀你的豪宅，裝修挺奢華的呀，貪了不少錢吧。"

"工薪階層，拿的是死工資。"

"在我面前說鬼話了吧。"她冷笑了兩聲。

我稍稍冷靜下來，靈機應變："我是見人說人話，見鬼說鬼話。"

"不跟你要貧嘴。你貪污多少，有多少灰色收入，我並不關心。我只問你，你為什麼不讓我當副總編？"

"那……"我支支吾吾。

"你在臺上時都伶牙俐齒的，咋這個時候變啞巴了呢？理虧了吧？心虛了吧？"

不讓小貞進領導班子，是擔心她和老傅聯合對付我，這是真實的原因，可是我不能說出來。我靈機一動，找了一個幌子："是組織上不同意啊。"

"又在說鬼話了。我是來找你算賬的。你如果提我當副總編，我會害憂鬱症嗎？我不害憂鬱症，怎麼會跳樓呢？所以，我是你害死的，要找你索命。我要扒開你的心看看，到底是不是肉長的，是紅的還是黑的……"她的話冷冰冰的，像一陣寒風從我耳邊掠過，聽得我牙齒直打顫。

她最後猛地跳上了床，我覺得我的心都要跳出來了，尖叫一聲就醒了……原來是一場噩夢。

我忽然覺得褲襠濕漉漉的，媽的，尿褲子了。膽子也太小了，那麼不禁嚇，真是沒用！我在心裡狠狠地罵自己。

接下來，每天晚上，窗臺上都有一個黑影飄來飄去。窗外，有一棵大樹，樹上有一隻夜鳥，吱吱地叫，似乎在說："給我職務，給我職務！"

　　准是小貞陰魂不散，纏上我了，害我每天都心驚膽戰，夜夜不得安寧。這樣的日子何時是盡頭呢？

　　清明節活人給死人燒紙糊的“別墅”、“奔馳”、“二奶”啟發了我，何不……

　　這事還不能吩咐辦公室去辦，只能親力親為。我來到紙碼店，對紙碼師傅說：“請給我做一個位置？”

　　“位置？”他似乎一頭霧水。

　　“就是椅子。”

　　“老闆，現在生活水準提高了，大家都有錢了，給往生者一出手就是豪宅別墅“奔馳”“寶馬”筆記本電腦蘋果手機，“二奶”都是一打一打地訂做。不是我說你，光做一把椅子，也太孤寒了吧。孤寒的人我見過，像你這樣孤寒的人我還真是頭一回見。”他的語氣裡充滿了不屑。

　　“師傅有所不知，”我解釋道，“有位往生者只需要一把椅子，其他什麼都不缺。”

　　“那你等著，我給你糊一把椅子。”

　　“是給往生者的。”我連忙糾正他。明明是給往生者的，聽來好像是給我的，好不吉利！

　　一會兒工夫，紙糊的椅子做好了。我問道：“多少錢，有發票嗎？”

　　“老闆，不要為難我了，幾塊錢的生意怎麼開發票啊？”他的臉色很難看。

　　我心想：“公是公，私是私，公私可要分明。沒有發票也不要緊，這錢我個人出，就當是獻了一回愛心。”

　　我付了錢，將"椅子"拿到車上，又在上面貼了一張紙條，紙條上寫著"副總編"三個大字。我自言自語地說："這下，你該滿意了吧。"

　　深夜，我將那張特製的"椅子"拿到小貞墜樓的地方，在那裡給她燒了。

　　從那一夜起，窗外再沒有黑影晃動了，那只叫個不停的夜鳥也不知飛去了哪裡。

63.可是，她的衣服還留在我的房間裡，那是她跳樓當天所穿的白色連衣裙。（傅總）

小貞的死，對我算是一個提醒，對於達不到的目標，不要強求，如果連性命都搭進去了，那真不值得。

因為小倪的緣故，我覺得我又變年輕了，血管裡的血也流得快多了。她是一塊璞玉，隱在鬧市無人識；她是一顆珍珠，歷經磨練更加光彩照人。感謝她，彌補了我感情的缺憾；感謝她，給我的生活帶來了慰藉。

我正在獨自琢磨的時候，門外猛地響起敲門聲。

"誰啊？"我問道。

"是我，傅總！"

我聽到了一個熟悉、親切、甜美的聲音，原來是小倪。我高興地去開門。老婆去國外度假了，孩子在學校寄宿，我和她可以暢快地聊一聊。

小倪進屋後，忙著砌茶，像個賢慧的女主人一樣。

我感覺很溫暖，又感覺很酸楚，家裡的女主人要是換作她，那該有多好，可是……

"來，喝茶！"她給我端上了杯子。

"你反客為主，讓我都有點不好意思了。"我有點不自然。

"我們都那麼熟了，還分什麼你我呀。"她顯得非常自然。

我問她："你來我家裡找我，有什麼事嗎？"

"有事，還真有點事。我打算寫一本談機關刊物的書，想到你家裡肯定有這方面的資料，所以就找上門來了。"

"這個想法不錯！很多人幹了一輩子工作，都沒能寫出一本書來。"我鼓勵她。

我讓她先喝茶，自己在書房裡翻箱倒櫃，爬上爬下，左挑右揀，找出來一大堆書。

"這些書你大都用得上，我很高興當你的指路人。不瞞你說，我過去寫書的時候，也是找了好多資料，這裡抄一段，那裡剪一段，剪刀加漿糊，沒費什麼工夫就湊成了一本專著，順利地評上了高級職稱。"

接下來，我一本一本地打開，告訴她核心觀點在哪裡，哪些地方是重要章節，有可能引用的地方就折起來，因為這些書我都看過，還有印象，跟她指點指點，是想讓她少走一些彎路。她認真地聽著，不住地點頭。

"傅總，你跟我講了那麼久，肯定有點累了。我聽說你的頸椎有點毛病，讓我來給你按摩按摩吧。"

我正要說"不"，她已經起身，將手放在我的脖子上。她太主動了，讓我覺得她有點異樣。以前我們的交流都是在心靈層面，沒有任何身體的接觸。可以說，我們現在有了肉體接觸，她手上的肉，我頸上的肉，都是貨真價實的肉啊。

"舒服嗎？"她邊按邊問，語調變得極為溫柔，讓我骨頭都酥軟了。

我不能不說，她按得相當到位。

　　"知道嗎？我的父親以前學過中醫，我也跟父親學過針灸按摩。"說完，她朝我耳邊吹了一口氣。

　　我感覺到一陣冷風從我耳邊拂過，腦袋變得昏昏沉沉，坐也坐不太穩了。

　　"你需要到床上休息一會。"她連忙將我扶起來。

　　我想擺脫她的攙扶，可是渾身乏力，兩腿癱軟，只得任憑她擺佈。

　　她將我扶到床上後，自顧自地寬衣解帶。

　　我想大喊"別別別"，舌頭好像僵住了，發不出聲音。

　　一副冰清玉潔的胴體像一道閃電，刺得我兩眼發蒙。但是一轉眼，美麗的胴體變成了一副骷髏……竟然是小貞。

　　他媽的，竟敢要我。我火冒三丈，順手從床頭抓起一把指甲鉗，以迅雷不及掩耳之勢朝骷髏擲去。她瞬間化作一縷輕煙，飄出窗外。

　　可是，她的衣服還留在我的房間裡，那是她跳樓當天所穿的白色連衣裙。

64.從大師的別墅走出來,我一身輕快,我終於放下心中的"鬼"了。(張社長)

小貞跳樓而死,老鄭和老傅似乎都無動於衷,我似乎也不應該感到傷悲。在江湖上混,心腸要硬一些,萬勿感情用事,否則,氣死的不是別人,而是自己。

她是找過我,要求提拔她當副總編。一方面,單位仍是老鄭主政,我說了不算;另一方面,這是單位歷史遺留的矛盾,我不想摻和。我記不清當時跟她說了什麼,反正是敷衍她的意思。她從我那裡大概也沒有得到什麼希望,所以⋯⋯

如果落實了她的副總編職務,這個悲劇或許是可以避免的。然而,現實中沒有如果,只有結果和後果。

一天晚上,我因急著跟一位朋友聯繫可又不知他的電話號碼,想到辦公室的通訊錄上記有他的聯繫方式,於是決定回一趟辦公室。走到單位樓下,見辦公室仍亮著燈,心想:"這麼晚了,還有人沒走?"走進辦公室,只見裡面一團漆黑。這可奇怪了!我剛剛明明看到燈光的。找到通訊錄後,我馬上離開辦公室。走到樓下,回頭一望,發現辦公室裡的燈又亮了起來。猛地想起,亮燈的地方正是小貞辦公的地方,頓時覺得後脊背發涼。我本是唯物主義者,別人傳說的靈異事件,全部當作《聊齋志異》看,可這次親眼所見,顛覆了以前的認識。莫非我真的遇到了"鬼"？這事我沒有跟任何人說，但心裡始終有一面鼓在咚咚咚地敲。

我到一個新單位不久，單位就有人死亡，總歸是一件不吉利的事。那天晚上遇到那麼靈異的事，更讓我覺得邪乎。有人說，一個人若是中了邪，某天晚上會莫名其妙地出血，莫名其妙地死去。這是無稽之談，我倒一點都不害怕，擔心的是我在單位的前途會因此受到影響。最好還是請個大師來破破邪。

我悄悄地跟一位大師聯繫，請他指點迷津。可是大師說很忙，時間預約在一個月以後。我以前跟他打過交道，那時我還是一個科長，他說我半年之內必有官運，結果幾個月後就升上了副處。我覺得他很靈，對他佩服得五體投地。那時候，他名氣還不是很大。現在的他，聲名雀起，紅得發紫，不少高官以跟他合影為榮，一些港臺女明星有求于他時同他勾肩搭背、向他大獻殷勤，有人約了他半年都掛不上他的號，一般人要見他簡直難於上青天。我跟他是老交情，另外好歹是個處級幹部，在中國也算有頭有臉的人物，平頭百姓跟我豈能同日而語，大師不會不給點面子的。

一個月之後，我如約來到大師的別墅。會見時間在深夜十一點，別墅內富麗堂皇，火樹銀花。大師剛送走一批客人，就馬不停蹄地接見我，令我深受感動。他雖然日理萬機，但精神飽滿，神采奕奕。我把最近所發生的事情以及自己目前的處境簡明扼要地向大師作了彙報，請他指教。大師很有涵養、很有風度地聽我聽完，呵呵一笑，輕鬆地說："此乃小事也。往生者陰魂不散，偶爾興風作浪，不必驚恐。往生者對你算是仁慈的,因為她的死,跟你可以說有關係,也可以說沒有關係。你只需要在辦公桌上放一把剪刀,即可起到避邪的效果。看你天庭飽滿,地閣方圓,兩耳垂肩,雙眉倒豎,滿身福氣,一臉官相,不久就有好運降臨。只是在機會來臨時,萬勿心慈手軟……"

從大師的別墅走出來,我一身輕快,我終於放下心中的"鬼"了。

65.她的手從鄭總手裡抽出來時，遲疑了片刻，然後使勁地掐了他一下。（老黃）

　　葉主任被安排到事業發展中心，心裡極為不爽，對鄭總恨之入骨，可又無可奈何。他在那裡也沒多少心思去開拓業務，做一天和尚撞一天鐘，得過且過。儘管如此，中心的效益卻比麋主任在那裡任職時翻了好幾番。這就頗令人費解了。他琢磨，其中必定有貓膩。他籠絡了麋主任之前的一個馬仔，想從他嘴裡套出點什麼。有一次，馬仔在喝醉酒之後，吐露了其中的秘密：麋主任開設了自己的公司，事業發展中心所接的業務，大部分都是她的私人公司在運作。葉主任本想舉報麋主任，但是礙于她是鄭總的紅人，生怕舉報不成功，反招鄭總的打擊報復，因而將這則猛料小心地藏了起來。他表面上不動聲色，暗暗裡收集麋主任胡作非為的證據，潛伏得很深。

　　張社長上任後，葉主任權衡再三，覺得時機成熟，將收集到的證據一股腦交給了張社長。張社長正苦於在單位沒有地位，沒有威信，就想通過處理小麋達到鞏固、擴大自己的權力的目的。他也考慮到，小麋是老鄭的人，單位仍是老鄭的天下，如果內部處理，老鄭肯定是大事化小，小事化了，不如繞開老鄭，將她的問題直接捅到紀工委去。

　　機關負責紀檢工作的紀同志，早年同張社長坐同一間辦公室，兩人稱兄道弟。張社長同紀同志一番耳語，對方立刻心領神會。紀同志毫不敷衍，著手將麋主任的社會關係查了個底朝天，發現最屬害的角也不過一個副處長，而且是她的遠房親戚，心裡松了一口氣。他們最怕的是查到一半，上面的電話就來了，查也不是，不查也不是，左右為難，進亦憂，退亦憂。查誰不查誰，查到什麼程度，有時候是由這個人的社會關係決定的。

由於事實清楚，證據確鑿，紀工委很快就對麋主任作出了開除黨籍、開除公職的決定。這一消息像個重磅炸彈，在單位引起了很大的震動。想不到雜誌社的大管家，鄭總心目中的大紅人，竟然是一個吃裡扒外、損公濟私的大蛀蟲，真是人心不足蛇吞象，知人知面不知心啊！群眾也有意見："開除黨籍"這算什麼事情？人渣丟到群眾裡不是污染環境嗎？不是影響群眾隊伍的純潔性嗎？

很快，麋主任的老底也揭了出來。她是"三陪小姐"出身，在夜總會上過班，據說床上功夫十分了得，後來實現了華麗轉身，從胭脂味十足的聲色場所來到了書香味十足的雜誌社。她成了大家茶餘飯後不可多得的談資，她的故事被單位人津津樂道。好些人忍不住問："這種貨色是怎麼混進雜誌社的？"大家笑而不語，心照不宣地把矛頭指向好色的鄭總。

麋主任在同事面前，硬是沒掉一粒眼淚，竭力扮演一個女強人的形象。"我就不信，離開這個單位，我麋某人會餓死。"她在心裡說。

可是在鄭總面前，她卻眼淚答答，扮演一個受害者的角色。鄭總連忙安撫她：「這事超出了我操控的能力，是新來的張某某……」他擔心她將兩人之間的苟且之事抖露出來，那可如何是好。他表面上從容不迫，心上卻急出了一層汗。假使她不要臉了，他也會沾上一身臭。

好在麋主任認命了，沒有將矛頭對準鄭總。這事其實也不能怪他啊，要怪只怪自己屁股不乾淨，給人家抓到了把柄。她自以為聰明，結果聰明反被聰明誤。她自以為神不知，鬼不覺，殊不知，若要人不知，除非己莫為。人在做，天在看。手莫伸，伸手必被捉。善有善報，惡有惡報，不是不報，時候未到，時候一到，一切全報。

再說，組織上已經對她很仁慈了，沒有將她移送司法機關，沒有讓她吐出非法所得。她在這個單位撈的油水，足夠她下輩子生活了。還有，單位給她的那套房子，也能變現幾百萬的真金白銀。

她選擇在一個深夜，收拾東西，離開這個單位。快要走出大門的時候，她看到榕樹下一個熟悉的身影。

「是你，還沒有休息？」麋主任有點驚愕。

「最近單位事多，我老睡不好。知道你要走了，特意來送送你。」這是鄭總的聲音。

「哦……」她一時陷入了沉默。因為她是被開除的，臉上極不光彩，鄭總的相送，又似乎為她挽回了幾分面子。

「我知道你有委屈、憤恨，但我希望你離開這個單位後，能夠放下心中的怨恨……」說著，鄭總拉住了她的手。這是他們的最後一次握手。

　　她手上肥膩、溫熱的感覺，傳達到了鄭總的心裡。他想到了她在床上的表現……

　　她的手從鄭總手裡抽出來時，遲疑了片刻，然後狠狠地掐了他一下。

　　她走出了好遠好遠，在茫茫夜色中消失了她的身影，而鄭總仍定定地站在榕樹下，宛如一副雕塑。

　　不知過了多久，鄭總才回過神來，發覺被她掐過的地方有一點點痛。

66.它們就像一隻隻黑蝴蝶，在屋子裡飛舞……（鄭總）

　　這個小麋，明修棧道，暗度陳倉，借單位之名，行斂財之實，我還真被她迷惑住了。不過，這些陳芝麻爛穀子都早已成為過去時，之所以還能翻出來，並且攤在陽光底下，背後一定有人在搞鬼。搞鬼的是誰，其實用腳都想得到。在這個單位，有誰能動用組織的力量？

　　小麋是犯了錯誤，警告、記過處分就可以了，不至於開除公職。懲前毖後，治病救人，這是我們黨對待犯有錯誤同志的正確方針。犯了錯誤，能夠改正，還是好同志嘛。人非聖賢，孰能無過？

　　我之所以從內心深處同情小麋，是因為她是單位內部鬥爭的犧牲品。張某是想通過處理小麋，鞏固自己的地位，達到隔山震虎的目的。項莊舞劍，意在沛公。張某有城府、有手段，不可不多加戒備啊。

　　福無雙至，禍不單行。小麋剛走沒幾天，煩心的事又接踵而至。聽說，西莞機關的領導被"雙規"了，因為財務混亂，私設小金庫，亂髮獎金，接待費超標。他們的小金庫，其實就是我們給他們的發行費。人家也付出了勞動，拿點報酬也合情合理啊。現在是市場經濟，一分耕耘，一分收穫，多勞多得，少勞少得。可市里的人說，這些發行費不該拿，作為機關，本應該全心全意為人民服務，怎能兼職當發行員，撈外塊？如果真心喜歡做發行工作，那就辭去公職，到傳媒集團的發行部應聘去。怪不得他們每次領發行費時，個個鬼鬼祟祟，像做賊一樣。這樣一來，今後誰還敢組織訂閱刊物？誰還敢領發行費？刊物的訂數勢必受到很大的衝擊。發行量掉了，就等於掉了人民幣。我這個當家的心裡真不是滋味。不過，我也想開了，錢掙得再多，也不是個人的，我操那麼多心幹什麼呢？我在這個位置上還能呆多久？一個人遲早是要退休的，打下的江山遲早拱手送給別人。比起發行量，更令我揪心的是那個招待費的事。西莞去過多少次，我都記不清楚了。每次吃完晚飯，都有例行節目，大家心照不宣。他們把例行節目的費用也作為接待費報銷，不超標才怪。要是他們一五一十招來，某年某月某日，接待了誰，消費的項目是……想起這些，我就心神不寧，晚上在床上輾轉反側，夜不能寐。早知如此，我就不去西莞了。幾秒鐘的快樂，換來的卻是長時間的痛苦。

最近看新聞，說某某局長被"雙規"後，從他家裡抄出來"性愛日記"，內容比《金瓶梅》還要《金瓶梅》。我雖沒有記日記的愛好，但我有一個"畫正字"的習慣。我有一次做夢，夢見自己的家被抄了，那個神秘的筆記本落到了調查人員的手裡。他們對那個本本表現出了濃厚的興趣，組織各學科的專家進行了深入細緻的研究，最後得出結論，"正"字的一筆代表一個女人……醒來，我發覺自己一身的冷汗。

原來，我家裡藏著一個"定時炸彈"啊，以前竟渾然不知。它在那裡一天，我一天就不得安寧。為了安全起見，我決定將它銷毀。

　　趁家裡沒其他人的時候，我顫抖著找到那個筆記本。隨手翻了一下，排列整齊的"正"字赫然入目，好比排列整齊、香豔欲滴的女人的胴體。她們紛紛在我眼前晃動，晃花了我的眼。"正"字的每一筆，都曾帶給我新鮮美妙的感覺，帶給我無盡無上的歡樂。因為形勢所逼，我不能持有它，不能留作紀念，儘管它們只是一個個符號，只是個人一種隱秘的記憶。香爐裡的火燃起來了，我狠狠心，將筆記本投入了火中。

　　筆記本慢慢地化為了灰燼，我曾經擁有的快樂也灰飛煙滅。一陣風吹進屋裡，灰燼飄了起來。它們就像一隻隻黑蝴蝶，在屋子裡飛舞……黑蝴蝶又幻化成許多既熟悉又陌生的女人，在我眼前一閃而過。

67.然後，我的機會就來了，這個單位就是我的天下了，嘿嘿！（張社長）

　　西莞機關的領導被查處，雜誌社躺著也中槍，刊物發行量江河日下，單位的福利跟著"縮水"。大河漲水小河滿，大河無水小河幹。我先前看中的是這個單位的經濟效益，日子過得寬鬆一些，卻沒有想到此種經營性單位畢竟不比財政撥款的機關，旱澇保收，全年無憂。

　　不過，憂中有喜的是，西莞機關的人供出了老鄭。在查處他們違規招待的問題時，他們一開始意志堅定，守口如瓶，一問三不知。組織上對待這些人很"溫柔"，既不動嘴罵他們，也不動手打他們，只是用一盞明亮的燈暖暖地照著他們，照個幾天幾夜，看他們選擇"說"還是選擇"不說"。不用等太久，他們的心理防線就土崩瓦解了，乖得像幼稚園的小朋友，竹筒倒豆子般，老老實實全招了。這下，有鄭總的好戲看了。

　　小葉跟我反映，他是從辦公室出去的，很想回辦公室工作。在處理小麋的問題上，他是立過大功的。倘不是他提供的證據，還不能一把扳倒她。經此一役，老鄭鋒芒盡去，我因此在單位完全站穩了腳跟。在同老鄭的鬥爭中，這是一個轉捩點，一個分水嶺。如果說，此前他占上風的話，那麼現在他明顯處於下風了。除了發行部，辦公室的工作開始由我分管，編輯部的工作我也可以介入了。考慮到小葉的功勞，我應該表示表示，恢復他的原職。我很快就接管這個單位了，辦公室主任一定得選自己的人。通過恢復他辦公室主任的職務，定能達到籠絡人心的目的，我料他不會對我有二心。

小葉回辦公室工作不久，就向我提供了一個極有價值的情報。他通過仔細翻閱賬本乃至調查，發現了老鄭的經濟問題。小麋為了討好老鄭，用單位的錢行賄，給他送銀行卡，動輒幾萬元，而老鄭照收不誤。另外，單位裝修時，老鄭與小麋串通一氣，虛開了幾十萬的發票，在單位報了賬，而老鄭家裡的裝修，個人沒掏一分錢。

聽小葉彙報這些情況，我內心湧動著一股喜悅的泉流。我不由自主地浮想起前不久拜見大師的情景，大師的音容笑貌猶在眼前，大師的金玉良言仍在耳旁縈繞。他說我不久之後就會有好運降臨，這難道不是好運嗎？大師就是大師，凡人哪及他一根毫毛？他長有一雙天眼，能看透一個人的未來。"只是在機會來臨時，萬勿心慈手軟……"我還猶豫什麼呢？我還顧慮什麼呢？難道我還要假裝仁慈嗎？有他，沒我；有我，沒他。我和他已經到了水火不容、勢不兩立的地步。按照大師的指示辦，按照鬥爭的原則辦。機不可失，時不再來。好好把老鄭的材料整一整，交給組織，由組織來處理……然後，我的機會就來了，這個單位就是我的天下了，嘿嘿。

68. 別了，單位！（鄭總）

別了，單位！

這幾天，我經歷了劇烈的心理鬥爭，幾天漫長得像是幾個世紀。我對單位的感情比大海還要深，我的青春、我的智慧與精力，我的全部的生命都獻給了這個單位。可是事情到了這一步，已經無可挽回，沒法選擇了。

辛辛苦苦打下的江山，拱手讓給了那個姓張的。賬面上，應該還有幾千萬的存款吧。早知如此，我就慷慨一些，給單位的人多發一些獎金，多搞一些福利，讓他們歡喜一把，免得他們背地裡叫我什麼守財奴、"鐵公雞"。

本來，我還有一年時間才退休。有權不用，過期作廢，人走茶涼，這些道理我比誰都清楚。我原本想抓住權力的尾巴，用好用活用足，誰知半路裡殺出一個程咬金。張社長雖是社長，但我還是單位的一把手，他仍在我的領導之下，這是組織上事先明確了的。可他這個人沒有擺正自己的位置，對自己角色的認識不到位，年輕氣盛，急功近利，缺乏耐心，硬要同我爭權奪利，弄得兩人很不愉快、極為尷尬。

西莞機關的領導被查處，我也受到了牽連。多少領導去西莞，獨獨我有問題，這不公平啊！在夜總會刷卡的單位敢公佈嗎？全國有多少單位、多少男人在那裡公款消費？單說這個機關，假使讓大院裡的男人排成隊，用橡皮子彈間隔點射，肯定有漏網的。獨獨我成為查處的對象，豈不冤枉？法不責眾嘛。頭上戴著一頂"生活作風有問題"的屎盆子，我這張老臉蒙羞啊。走路時，我的頭都快低到胯下了，恨不得挖條地縫藏起來。看到男的，心裡自我寬慰："彼此彼此，你們雖然沒查到，但比我也乾淨不到哪裡去。"看到女的，更加不好意思。儘管我見過不少女人的裸體，但這次好像自己被剝光了衣服，站在眾多女人面前示眾。

正當組織上在研究如何處理我時，我的經濟問題又冒出來了。背後搞鬼、整我"黑材料"、恨不得我早點垮臺的是誰？用腳指頭想都知道是哪個。他也太陰險了吧，落井下石，欲置人於死地。我早就提防他了，但防不勝防啊。

不過，我現在獲得了解脫。誰迷戀權力，就讓誰迷戀去。權力也是一把雙刃劍，使用不當，會把自己割傷。可以說，我最終也是一名受害者。

從內心裡說，組織上對我是夠寬厚的、夠仁慈的，組織就是我的親爹、我的親娘。鑒於我問題較多，不適合再在領導的位置上待下去，組織上讓我趕緊辦理退休手續，把位置騰出來，把權力交出去，同時，把單位的錢還給單位，否則，後果很嚴重……我當然理解組織的良苦用心，毫不猶豫地辦了退休手續。至於經濟問題，他們掌握"案底"的有兩單，一是小糜送的銀行卡，二是家裡裝修，用的是單位的錢。我退，全退，只要不再追究我的問題。裸退之後，基本上等於進了保險箱。我知道，他們這樣決定，也是出於保護、愛護自己的同志。我畢竟是機關裡的"老革命"，有苦勞，也有功勞。要是認真起來，開除公職，開除黨籍，再移交司法機關，判個幾年，也不冤枉……金無足赤，人無完人。犯了錯誤，改正了還是好同志嘛。

我剛進單位的時候，有位作者中秋節送了一盒月餅給我，我都覺得過意不去，想方設法退了回去。漸漸地，我發覺我的朋友越來越少，越來越孤獨，周圍的人都莫名其妙地防備著我，我似乎成了"異類"。有一次，我的司機跟我說："領導，你需要生一場病了！"我當時聽得一頭霧水，後來才恍然大悟。這之後沒多久，我真的生了一場病，病得還不輕，住進了醫院。一些人到醫院探望我，自然拎了一些禮物，我也不好意思推辭，就收下了。在市場經濟的滾滾浪潮中，許多人在向"錢"看，為人民幣服務，我也慢慢變了。看見其他人都在撈錢，自己心裡也不平衡。裝什麼清高，不撈白不撈。人在江湖，身不由己，不隨行就市就會被逆淘汰。有人送錢給我，我也心安理得地收下了。還有需要檢討的是，我這人愛好不多，格調不高，沉湎於女色。找了那麼多女人，最後發現女人都是一樣的。要那麼多錢幹什麼？要那麼多女人幹什麼？一日三餐，一張三尺床，一個老婆，人生足矣！財富生不帶來死不帶走，多數女人只會同你逢場作戲，陪你走到最後的，還是你的結髮妻子。真是糊糊塗塗幾十年，一朝驚醒夢中人。

我開始規劃自己的晚年生活了。遠離鬧世，離群索居，找一個山清水秀的地方，蓋一茅屋，辟一塊菜園土，種點菜，養點雞，餵點魚，優哉遊哉，過著世外桃源的生活。

我的戲已經落幕，你們接著演吧。

69.想不到，陰間也有執迷不悟的鬼。當然，在陽間，更多的人執迷不悟。（老黃）

一天早上，我還沒有起床，忽地聽到外面響起急促的敲門聲。

"是誰？"我在門內喊話。

"我啊！"是貞姐的聲音。

我連忙穿好衣服，來了一個女的，總不能穿條褲衩見客。

開門迎客，我開門見山地問："大清早的，有何貴事啊？"

"當然有事，好事啊，鄭總倒臺了……"貞姐絲毫不掩飾幸災樂禍的表情。

我好一陣沉默，之後，徐徐開口："鄭總倒臺了，你覺得你還能當上副總嗎？"

"……"

現在，輪到她沉默了。

鄭總提前退休的事，我已經聽一個新來者說了。說來也巧，這位新來者是傅總父親的朋友。傅總的父親在公園裡有一個朋友圈，他們常在一起慷慨激昂地談論時事。鄭總倒臺了，傅總在家庭新聞聯播時間播放了這則新聞。傅總的父親又將這個消息在朋友圈裡進行了擴散。就在當天，他朋友圈裡的一位老人因為腦溢血一下闖進了新的世界。人到了一定年紀，死亡就是一場說走就走的旅行。

　　這事對於鄭總來說，我覺得反倒是一件好事。他對人生過往有了深刻的反省，對自己犯下的錯誤也有了深刻的認識，他總算覺悟了。可以說，這是他人生非常重要的一個轉捩點。如果他的生命長度以九十歲來計算的話，後面還有三十年，大概跟他的工作時間相當。人在工作的時候，往往陷於名利的泥淖難以自拔；退休後，淡泊名利，寄情山水，往往能活出自我的真性情、人生的真風采。一個人生命的境界，往往是在退休之後活出來的。怪不得有人說：生命從六十歲開始。按照中國傳統的觀念，六十歲是人生的拐點。民間社會認為，六十上壽，意思是說到了六十歲，追求壽命就能打及格分數了。可惜我，沒有及格就來見閻羅王了。我年輕時也制定過退休計畫，雲遊四方，而後隱居鄉間，著書立說，藏之名山……可惜永無機會實施。

　　我覺得貞姐來到陰間之後，沒有什麼進步，仍然活在陽間的陰影裡，悶悶不樂，鬱鬱寡歡。我想，我是不是應該開導開導她呢？

　　"你來到陰間也有一段時間了，我發現你還是過得不快樂，你這是何苦呢？"我開始跟她談心。

　　"因為我放不下。"

　　"放不下什麼呢？"

　　"我老想著我的過去，老記著我的仇人。"

　　"這就是你痛苦的根源。"

　　我接著說："你呀，要跟過去做一個徹底、完全的切割。

你要明白你的身份，你已經是一個貨真價實、名正言順、光明正大的鬼了。人世間的一切，都跟你沒有了任何關係。希望你能醒悟過來，做一個開開心心、快快樂樂的鬼。"

貞姐走後，我在心裡琢磨，我的話，她能聽進去多少呢？想不到，陰間也有執迷不悟的鬼。當然，在陽間，更多的人執迷不悟。

70. 我這一生，糾結在這個 "副" 字上。（傅總）

老鄭終於倒臺了，可是我仍舊高興不起來。

要是在過去，我一定會拍手稱快，放鞭炮慶祝。可是自從張社長上任之後，單位的情勢已經大不同。張社長是來接班的，他在前頭擋著，我哪裡還有出頭之日呢？一座大山移走了，又來了一座更大的山。

張社長來了之後，單位的主要矛盾就是他和老鄭的矛盾。我既希望張社長鬥贏，將老鄭趕下臺，又希望他敗下陣來，臉上掛不住，灰溜溜地從這個單位逃離。

這當然不能以我的個人意志為轉移。論權力，論鬥爭，論手腕，老鄭豈是張社長的對手？人家在機關多年，久經考驗，玩權力就像雜耍藝人玩雜耍，得心應手。前一段時間，張社長處於低谷的時候，我錯誤地估計了形勢，竟有趕走他的意思。那時，人家只是沒有出手而已。年終考核時幸好我投的是棄權票，沒有跟他決裂。見他慢慢地佔據上風，我重新選邊站隊，迅速向他靠攏。

老鄭做夢都沒有想到會有這一天，留戀權力的人，最終被權力拋棄。於他而言，交出權力，提前退休算是最仁慈的處理了。要是移交司法機關，判他個幾年，關進牢裡吃幾年牢飯，一點也不冤枉他。

之前，我總感覺老鄭有問題。現在做領導的，有幾個屁股底下沒有屎？區別在於，有的覺得自己臭，有的覺得自己香。覺得自己臭的人，小心翼翼，對風吹草動異常敏感，行動也會有所收斂。覺得自己香的人，依然我行我素，不可一世，自以為神不知，鬼不覺，而把柄已悄悄握在別人手裡。老鄭大概就屬於第二種。

我以前費盡心機，可就是找不到老鄭犯事的證據，整不翻他，扳不倒他，奈他不何，歸根結底，還是缺乏革命鬥爭的經驗，是不成熟、乃至無能的表現。我常常在心裡罵自己，罵自己沒用、沒出息。要是足夠強大，怎麼不能當一把手？怎會受這種窩囊氣？別看這個張社長，其貌不揚，但能量巨大。他來到這個單位，運籌帷幄，三下五除二，就將了老鄭的軍，點了老鄭的死穴，令老鄭乖乖地交出權力，自己順順當當地坐上了第一把交椅。在這一點上，我對他佩服得五體投地。

我沒有對抗張社長的勇氣，也沒有對抗他的能力，惟有討好他、巴結他、順從他。現在，總編輯的位置騰了出來。老鄭退了，我就是這個單位的元老了。況且，這種單位也需要一個懂業務的總編。張社長應該會注意到我……我即使做了總編輯，凳子沒怎麼坐熱就得讓給別人，畢竟我也快退休了，但好歹能過一把"總編"的癮。雖然在單位屈居老二，但總算去掉了一個"副"字。我這一生，糾結在這個"副"字上。

71.我深深地、深深地理解了傅總內心的痛苦。（段總）

鄭總提前退休，這是我萬萬沒有想到的事。哪個領導沒有經濟問題？哪個男人不好色？在制度不健全的情況下，換誰當領導都有問題。好的制度能讓壞人變好，壞的制度能讓好人變壞。

可以說，鄭總栽在他自己手裡。他這個人呀，過於自私，迷戀權力，又爭強好勝。他和傅總拍檔的時候，儘管傅總滿肚子意見，但不能拿他怎麼樣。換上與張社長拍檔了，仍將權力緊緊地握在手中，握得滴水不漏，還想方設法排擠張社長。他也不想想，自己都是臨近退休的人了，權力早晚是要交出去的，那麼留戀它幹嘛？張社長惱羞成怒，在背後悄悄地收集整他的材料。如果鄭總醒目一些，灑脫一些，將大部分權力移交給張社長，自己落得個清閒，何至於惹火燒身，落到這個田地？

眼下，總編輯的職位是空缺的。如果傅總上位，他也是完全夠資格的。但是傅總年紀也大了，他在那個職位上也幹不久。我如果能接替他，那也不錯。我還年輕，在那個位置上能幹好多年呢。

這只是我的一廂情願，不知組織怎麼考慮。跟張社長套近乎的時候，他並不熱情，我的臉蛋貼了人家的屁股。我畢竟是鄭總的人，張社長怎麼會信任我？怎麼會放心大膽地使用我呢？我隱隱地感覺到不妙。

沒過多久，組織上就宣佈，任命白某某擔任總編輯。這既出乎我的意料，又在我的意料之中。儘管我已經有所心理準備，但聽到這個消息後內心還是掀起了一場地震。

白總在機關裡任副處長，才一年半的時間就升為正處。據說，她此前雖從事行政工作，但工作多與文字打交道，文字功夫了得，能勝任總編一職。她沒有任何職稱，但對她的任職沒有構成任何障礙。在一個人治的社會裡，說你行，你就行，不行也行。還有，巧合的是，她與張社長同年同月同日生。兩人在一個院落裡長大，穿開襠褲的時候就已相識，青梅竹馬，兩小無猜。後來，他們又在同一個機關上班。傳說，張社長對白總有那個意思，兩人最終為何沒能喜結良緣，那就不得而知了。白總到這個單位來任職，無疑是張社長運作的結果。這個單位已是張社長的天下，人事佈局都由他來安排。

我恐怕要像傅總那樣，辛辛苦苦一輩子，都不能去掉那個"副"字。我深深地、深深地理解了傅總內心的痛苦。

72.此刻，我只要愛，滿滿的愛！我要活在刻骨銘心的"愛"裡！（倪姐）

　　傅總沒有當上總編輯，我為他抱不平。論資格，論能力，論水準，這個總編輯的職務，都非他莫屬。他唯一缺的，就是人脈了。而那個姓白的，有什麼能耐？看她那一張臉，就知道是狐狸精變的，張社長准是被她迷住了。雜誌社是業務部門，不像有些部門只是喝喝茶看看報聊聊天就能打發的，看她怎麼開展工作？

　　傅總升不了總編，我接班之事自然也就泡湯了。再說，我也有自知之明，即使傅總提我當副總編，我自身的硬件也不夠。那該死的職稱，該死的英語，把我卡住了。這為姓方的提供了笑料，她背地裡不知恥笑了我多少回。

　　我原本以為，傅總會為職務之事耿耿於懷，忿忿不平，我還在心裡琢磨，要如何開導他，寬慰他，沒想到他大徹大悟，已經釋然了。他審時度勢，知道乾坤已定，反而獲得了解脫，獲得了自由，獲得了自在。在我的心目中，他無疑是一個智者。

　　跟鄭總相反，在快要退休的時光裡，傅總很是超脫，將大部分權力移交給了段總。他說，從名韁利索之中解脫出來，渾身感到一種前所未有的輕鬆與喜悅。以前一門心思，鑽進了死胡同，浪費了寶貴的光陰，實在太遺憾了！

　　他去辦公室的時間越來越少，而與我幽會的次數越來多。他說，他人生最大的缺憾，就是沒有真愛過。已有的婚姻只是一場錯誤，沒有真愛可言。為什麼婚後有無聲的淚流在心裡，那是因為婚前腦子進水了。一個人可以欺騙別人，但他沒法欺騙自己。在人生的天平上，如果一邊的砝碼是名利，另一邊的砝碼是愛的話，名利簡直微不足道。來人世間走一遭，倘若沒有真愛過，那豈不是枉活了？豈不是天大的遺憾？

這完全是肺腑之言，是從心窩子裡掏出來的話。我理解他，愛他，願意彌補他的缺憾。如果說在之前，我還有點迷戀他的權力的話，那麼現在，我迷戀的是他的人。我覺得，我們之間的情感越來越純真，越來越純粹。

在公園裡，見到我們親昵的樣子，不認識的人以為是一對父女。他們哪裡知道，這是一對熱戀中的男女。這是純潔、高尚的愛，它是心靈與心靈的交流，它是情感與情感的交匯，它是生命與生命的交融。它與情欲無關，它與利益無涉。它令肌膚之愛相形見絀，它令肉體之愛黯然失色，它令物質之愛無地自容。

因為愛，傅總臉上的皺紋在慢慢地舒展，他變得年輕了；而我，也感覺時間在慢慢地往回流，我仿佛又重新回到一去不復返的青春裡……

什麼功名利祿，什麼榮華富貴，全他媽的見鬼去吧！此刻，我只要愛，滿滿的愛！我要活在刻骨銘心的“愛”裡！我不想枉來人世間走一遭！

73.現在的我方明白：除了愛，什麼都是浮雲。（老黃）

"傅總和貞姐正在熱戀，元芳，你怎麼看？"貞姐微笑著問我。

我確實愣了一下，沒想到她會問這樣的問題。看來，她有所超脫，關注的焦點有了很大的變化，對八卦新聞發生了興趣。要是按她以往的風格，得知傅總沒能升為總編，一定會幸災樂禍、歡欣鼓舞，並像上次通報鄭總提前退休之事一樣，一大早屁顛屁顛地跑來，將我的一朝春夢無情糟蹋。

我怎麼看待傅總和倪姐的感情呢？毫無疑問，這種愛是畸形的，但我卻認為它是美好的，是值得謳歌與讚頌的。因為愛，首先是關乎心靈的。臺灣人說大陸人"愛無心，親不見"，一語成讖。愛本是一種心靈的語言，性是表達愛的形式。沒有愛的性，只能稱作欲望，或是一種生理排泄。鄭總先前找過 N 個小姐，那是赤裸裸的肉欲，是赤裸裸的生理刺激，跟愛沒有一毛關係。他越是找小姐，內心越是空虛；內心越是空虛，越要去找小姐。這就陷入了一種惡性循環。傅總與倪姐的愛不同，那是內心的充實、滿足、愉悅、幸福。這種愛是純粹的，與金錢無關，與肉體無關，超越了世俗，達到了常人難以達到的境界。愛是一種本能。愛生活，並非習慣於生活，而是習慣於愛。在人世間走一遭，倘若沒有遭遇刻骨銘心、扣動靈魂的愛，那他就是白活了。最起碼，他的生命是不完整的。

這不是在說我自己嗎？捫心自問，我有真愛嗎？沒有！和多數人一樣，我的婚姻也是湊合的。真愛這玩意啊，並不是努力了就可得到的，講究緣分，可遇而不可求。我也不是什麼高大上的人物，走在大街上，是我瞄姑娘，而不是姑娘瞅我。三十好幾了，還是子然一身。因為我們的刊物在南華印刷廠排版印刷，跟排版車間聯繫較多。排版車間裡，清一色的女工。有一個北方來的姑娘，臉蛋長得還端正，屁股也是渾圓的。我想接近她，她也不拒絕我。就這樣，我和她走到了一起。當時的我以為，生活嘛，無非是柴米油鹽醬醋茶；婚姻嘛，無非是湊合著過日子。至於靈魂、精神，那東西太奢侈，又虛無縹緲。傅總和倪姐的愛，就像是一面鏡子，照見了我情感的蒼白與黯淡，照見了我的內心的遺憾與傷悲。現在的我方明白，除了愛，什麼都是浮雲。

想到這裡，一種悲愴感排山倒海般向我襲來，我久久不能說出話來……哲人有言，一個灰色的回憶，怎能抗衡現在的生動與自由？

"你怎麼啦？"貞姐察覺到了異樣。

"沒，沒什麼。"我慌忙掩飾。

"你今天鬼話連篇。"貞姐微笑著總結，正如她微笑著問我一樣。

她起身告辭，留給我一個灑脫的背影。

74.對手往往也是自己的朋友！（方姐）

　　先前，傅總器重倪某，並有意培養她當接班人。要是她真的上位了，讓我接受她的領導，讓我怎麼活？她不是準備提升職稱嗎？假如她拿到了副高，而我原地踏步，安於現狀，不思進取，一定會被人瞧不起，我在這個單位裡怎麼抬頭見人啊？想起這些，我就如坐針氈，心急如焚，吃飯飯不香，睡覺覺不寧。

　　"不！不能這樣！"一個聲音在我的內心裡不停地大聲呼喊。我不能甘拜下風，我要自強不息。她有什麼我也要有什麼，反正我不能輸給她。

　　為了評職稱，我又啃起了英語這根比鐵還硬的硬骨頭。該死的英語，不知殘害了我多少腦細胞。

　　見我學得好辛苦，從鄉下來的保姆對我說："方姨，您那麼大年紀了，還學英語，是要出國嗎？"

　　"不是的。"

　　"那您學它有什麼用？"她反問。

　　我跟她說："這的確沒有什麼用。"

　　"那您為什麼還要學呢？"

　　我沉默了。

　　"你們城裡人活得真累！"保姆最後拋給我一句話。

　　我學英語只是為了爭一口氣，她相信嗎？理解嗎？她理解不了的東西，那就不要說了，爛在自己肚子裡好了。

謝天謝地，職稱英語考試通過了，我如釋重負，長長地松了一口氣。絆腳石搬掉後，前面的路就順暢了，拿到高級職稱指日可待。

聽說倪某考了幾次職稱英語，都沒有通過。哈哈哈，讓我看她的笑話了。她考不過英語，就拿不到職稱；拿不到職稱，就不可能升為副總編。在這一輪競賽中，我領先了。看她怎麼趕上來？不用急了，悠著點。別因為總是趕路，而忽略了路兩邊的風景。

白總一來，我就把形勢看清楚了，傅總的戲差不多要唱完了，而倪某更加沒戲了。所謂的"接班"，不過是黃粱美夢。

白總來單位任職，對我是利好消息。我先生曾跟她共過事，並且兩人從未交過惡。她上班的第一天，我先生就給她打了電話。加上我又有了副高職稱，難道還沒有資格從事編輯工作嗎？

白總來後，傅總徹底死心了。他似乎變得很超脫，編輯部的事不怎麼管了，為人也隨和多了，不像以前那麼苛刻。每次看到我，都熱情地打招呼，以前對我都是"視而不見"的。

沒過多久，編輯部進行調整，我回到編輯部任主任，而倪某卻去了通聯部。這一局我又扳了回來，洗刷了先前的恥辱。

倪某離開編輯部，心平氣和，沒有任何怨言。她有自知之明了，知道自己幾斤幾兩，明白自己的位置何在。她大概也知道我的厲害，不再同我爭鬥了。早知如此，何必當初？

她在通聯部做得很起勁，整個人精神煥發，似乎沒受到任何打擊。她近段時間氣色也好了很多，整天興高采烈，喜笑顏開，好像天下的美事被她一個人獨攬了。遇到如意郎君了？得到了什麼東東的滋潤？開始煥發第二春了？……這女人的事啊，簡直像一個謎。我身為一個女人，怎麼猜都猜不透，更何況其他人？

　　不過，我還是要感謝她。如果沒有她，也就沒有現在的我。對手往往也是自己的朋友！

75.疏遠了小王，我要開始尋找新的目標了……（小秦）

最近，我參加了一次同學會。現在的同學會啊，簡直演變成了"比賽會"，比誰的官大，比誰的錢多，比誰的感情豐富。混得好的，酒喝得多，嗓門也特別大；混得窩囊的，話說得少，只顧低頭吃菜。同學時有點意思的幾對男女，眉來眼去，打情罵俏，借著酒勁摟摟抱抱，渴望重溫舊夢。沒事搞搞同學會，拆散一對是一對。

我悄悄地躲在一個角落裡，內心一陣默然。我雖然在機關裡上班，說起來好聽，但又沒個一官半職。錢嘛，雖然比下有餘，但比起土豪來，還不及他們一個零頭。感情生活倒是不單調，但又不能搬上檯面說。

同學會還沒有結束，我就藉口家裡有事，匆匆忙忙溜了，發誓以後再不參加這種聚會了。

同學會後沒多久，張社長找我談話："小秦，你來這單位也有好些年頭了，現在還是一名普通編輯，讓你受委屈了！要是在行政單位，以你這樣的資歷，早就當科長了，當副處都有可能。社裡準備提你任編輯部副主任，我同其他領導都溝通過了，沒問題的。不用急，一步一步來，以後還有更多的機會的……"

想先前，剛來單位那會，傅總門縫裡瞧人，把我瞧扁了，死活不讓我做編輯，說我不是幹那活的料。後來，是他別有用心，我才進入編輯隊伍。一路做下來，也適應了編輯的角色，適應了編輯的工作。可是任編輯部的領導，卻是我從來沒有想過的。編輯部裡，論才華，論能力，首屈一指的非小王莫屬。如果他有編制，如果打破身份的界限，最有資格任編輯部主任的就是他了。我何德何能，在他之上，去領導他？即使他本人沒有意見，我自己都不好意思。

"我……業務能力……恐怕不能……"我心裡頭在猶豫，嘴上支支吾吾。

"據我的觀察，你進步很快，表現不錯，完全能夠勝任，就這樣定了吧。"

話已至此，我還能怎麼辦呢？只好硬著頭皮接受下來。

要知道，這在鄭總的年代，幾乎是不可想像的事情。能讓我做編輯，他們覺得已經是莫大的恩賜了。張社長一來，就注意到了我。張社長同我先生關係很鐵，不用我們開口，他都會關照的。儘管我和我先生只是名義上的夫妻，但要是離了，情況可就不同了。所以，不離婚有不離婚的好處，有得有失，外人是看不明白的。

最棘手的問題是如何處理同小王的關係。我都成他的上司了，再不能跟他在一起鬼混了。老容著他，慣著他，他以為這種關係能天長地久下去。我得時刻提醒自己注意身份，跟他保持一定的距離，儘管他的床上功夫不錯。

我斷了他的炊，也是為他好。他也不小了，該正兒八經去談個戀愛，找個女朋友，成家立業，結婚生子。老是餵飽他，他就不會覓食了。這年頭只有錢難賺，兩條腿的女人還不好找？

疏遠了小王，我要開始尋找新的目標了⋯⋯

76. 要麼離婚，要麼自由……（老黃）

"元芳，小秦出軌的事，你怎麼看？"又是貞姐。

最近，貞姐似乎擺脫了生前的陰影，對世人冷眼旁觀，我認為這是她飛躍的進步，我為她感到由衷的欣慰。

"你怎麼看？"我反問道。

她沒想到我會反問，毫無心理準備，一時支支吾吾，答不上來。

"小秦的情況要是發生在你身上，"我換了一種方式問，"你怎麼辦？"

她想了想，說："我也會像小秦那樣吧。"

"謝謝你真誠與坦率的回答！"

對於這樣的問題，她沒有我想像中的忸忸怩怩，遮遮掩掩。我覺得，地下的牛鬼蛇神比起世上的正人君子來，不知要可愛多少倍！

站在道德的制高點上，批評別人，指責別人，是容易的。倘能將心比心，設身處地地替他人想一想，人世間就會多一份理解，社會就會多一份和諧。

要麼離婚，要麼自由，這是擺在小秦面前的兩條路，她選擇了後者。她年紀輕輕，怎麼守得了活寡？那還不如要了她的命。他先生也是明白人，知道縱使守得住她的心，也守不住她的身體，那還不如給她自由，放"愛"一條生路。在這一點上，他們夫妻也是達成了默契的。

　　也有一些知根知底的好事者問她先生：“你都這樣了，你老婆怎麼辦呀？”本是非常尷尬的局面，她先生自自然然地應對，擺擺手，搖搖頭，說：“還能怎麼辦？天要下雨，娘要嫁人。由她，由她去！”

　　假如她選擇前者，休了丈夫，另覓幸福，在道義上可要承受壓力。俗話說：“大樹底下好乘涼。”要是失去了老公這棵大樹，她要歇涼可得自己撐傘了。當然，她會另找可以依靠的樹，不過不知道找到的是參天大樹還是小樹苗。畢竟離了婚的女人，就像遭遇嚴重通貨膨脹的貨幣。左思右想，前思量後思量，她最終選擇維持名存實亡的婚姻。

　　“假如小秦找到你，你願意不願意當一回雷鋒？”貞姐笑閃了腰。

　　這個傢伙，拿我開玩笑了。陰陽兩隔，人鬼之間，如何繾綣？哼，我不告訴她。我“嘿嘿”兩聲，算是回答。

　　我敢摸著自己的心口說，我敢對天發誓，我這一生，只跟一個女人上過床。當然，我也見過不少佳麗，說完全沒有任何想法，那是假的，但也只是想想而已。現在有專家發佈權威資料，說中國男同志的性伴侶平均是幾點幾個，我不知道他們的數據是怎麼得來的。我反正是低於全國的平均分的。不好意思，拖了中國人的後腿。每個人心中都有一本賬，你們在夜闌人靜的時候，好好地算一算。只是，有些人的賬恐怕是筆糊塗賬，因為伴侶多得讓他們數不過來。就我的情形，我不知道，到底是一種光榮，還是一種差恥？

　　貞姐走後，不知怎地，小秦姣好的面容一直浮現在我眼前，我怎麼抹也抹不去。想到自己黯淡的婚姻，再想到小秦需要拯救的夜晚，她燃燒的欲火，豐腴的肉體，我的呼吸漸漸加粗，血流得越來越快，渾身不由自主地痙攣起來……最後，一股暢快的血呼嘯著直朝腦門子裡面沖……

　　從我的骨灰裡莫名其妙地湧出一團粘稠的濕潤，將一隻毫無防備的螞蟻嚇得驚慌失措，落荒而逃。而旁邊一棵青翠的小草卻在竊喜，因為獲得了一份意外的滋養。

77.她退休之後，總編輯的位置……
（段總）

白總到任之後，我默默地關注著她，看她到底有幾板斧。此時的編輯部，傅總基本上不管事了，處於"臨退休"狀態；實際負責人就是白總和我了。白總既然是總編輯，我就是協助了。既然我只是協助，所以稿子到我手上，我故意留些問題，讓白總來處理。如果我把問題全部處理了，那還要她幹什麼？

編了一兩期，白總的馬腳全露了出來。她呀，不過是一隻"貴州的驢子"。有問題的地方，她沒有發現；沒有問題的地方，她覺得有問題。結果一改，將對的改成錯的。文字功夫也沒到家，文采則根本談不上……剛來時，領導還說她文字處理能力強，這不是自己打自己的耳光嗎？我看，她連做一名普通編輯都不夠格，還"總編輯"哩！真是天大的笑話！

為什麼會鬧出這樣的笑話？用人制度使然。長官意志，任人唯親，大搞裙帶關係，肥水不流外人田，外行領導內行。論能力，論水準，這總編輯的位置應該屬於我。我什麼都不缺，缺的就是關係，走不了上層路線。所以，這位置與我失之交臂。哎，不說這些了，越說越氣憤，越說越傷肝。

白總大概也感覺力不從心。自己有多少料，啞巴吃餃子——心中有數。這專業的文字工作，跟機關辦公室整整材料，寫寫報告，畢竟不是一碼子事，不是隨隨便便一個人就幹得了的。但在眾人面前，她竭力裝，裝作權威，裝作很懂行。雖然沒什麼能耐，演技還是超一流的。我覺得她是入錯了行，要是進軍演藝圈，說不定早就成名成家了。她越是裝，越是演，越是暴露了她的虛偽，她的無能。

　　張社長也似乎察覺到了幾分不妙。且不說白總能否贏得下屬的支持與信任，單說這印好的刊物，錯漏百出，怎麼發下去？發下去以後，讀者不會老大意見？還有，如果被抽查到了，差錯率肯定超標，刊物將被列為不合格產品。編輯是項遺憾的工作。如果差錯當初沒有發現，印在紙上了，白紙黑字，編者長十張嘴都賴不掉，只有面紅耳赤的份了。說實在話，當編輯比當官難多了，因為官員說的話，有時還賴得掉，打死也不承認就是了。口是兩塊皮，說話有轉移嘛。而編輯工作來不得半點虛假，來不得半點糊弄……張社長承認自己看走眼了，用錯人了？調整白總的崗位，或者收回先前的調令？怎麼可能呢？除非太陽從西邊出來，除非長江倒流。他們會將錯就錯，閉著眼睛一條路走到底。看這個攤子如何“整”下去？我也悠著點，不在其位，不謀其政，犯不著鹹吃蘿蔔淡操心，用不著去做“皇帝不急太監急”的事。

　　沒過多久，張社長讓我去他辦公室。他首先非常慷慨地贈送給我一頂高帽子，說我如何如何能幹，業務水準如何如何高，領導都看在眼裡，記在心上。然後話鋒一轉，轉向白總。白總因為崗位轉換，工作上可能不太適應，讓我多擔待，請我挑起編輯部的重擔，切實保證工作品質。白總來這裡，最多也就是拿個待遇。倘若她在原來的地方不動，退休前只能做到副處，而在這裡，卻能在正處的位置上退休。她退休之後，總編輯的位置……

我完全明白張社長的意圖，雖然我只是副總編，但要幹總編輯的活，而白總只是掛個名兒。作為內部交換，等到白總退休之後，提我當"總編輯"。

提起接班，我早就窩了滿肚子的火。我已經被鄭總害慘了，難道還要再承受一次傷害？如果一個人在同一個地方摔倒兩次，那他必定是個大傻瓜。世事難料，夜長夢多，將來的事兒不靠譜。

但是對於這樣的安排，我又沒法拒絕。我已無處可去，只好繼續賴在這裡。單位已是老大的天下，我縱使吃了豹子膽，也不敢違背他的意願。我若拒絕，便無晴天。

當然，主兒無能也有無能的好處。在編輯部，我獲得了足夠大的空間，擁有足夠大的話語權。不是總編，勝似總編。代價嘛，不過是多付出點辛勞，多熬點燈油。這又有何妨呢？沒有付出，怎會有收穫？

78.我輕輕地揮手，不帶走單位的一絲雲彩。（小王）

　　我終於作出了辭職的決定，一種前所未有的輕鬆與喜悅包圍了我。

　　當我把書面辭職書交給段總的時候，我的內心充滿了英雄豪氣。我不要單位了，不稀罕單位的工資了。此後，我跟單位一根毛的關係也沒有了。我覺得自己是一個堂堂正正的男子漢，一個頂天立地的自由人。再也不需要看領導臉色行事，再也不需要揣摩領導的心思。"安能摧眉折腰事權貴，使我不得開心顏？"他們坐下來，同我一般矮；我站起來，同他們一般高。

　　新來的白總，草包一個，編輯部實際上是段總當家。段總借充實編輯力量之名，把自己的一名親屬招了進來。

　　段總在編輯部實行"競稿制"。所謂"競稿制"，就是打破欄目的人為分工與限制，編輯可以發所有欄目的稿子，領導擇優取稿，編輯薪酬根據刊出稿件所占的版面來計算，多勞多得，少勞少得，不勞不得。因為沒有遇到阻力，他的"改革"進行得非常順利。方姐與小秦都在編制之內，又分別是編輯部的正副主任，她們不參與競稿，"改革"不觸及她們的利益。其實，競稿只在我和新來的小陳之間進行。

　　在這個單位，我靠的不是關係，而是自己的實力，自然也不害怕競爭。頭幾個回合，我遠遠勝過小陳，實際刊出的版面超過整本刊物的三分之二。自然，我的收入也多了，幾乎是之前的兩倍。我享受著"改革"帶來的"紅利"。

換一個角度看，我的競爭對手就那樣的水準，我雖然輕鬆點，但也限制了我的高度。有時候，人生並不是蕩秋千，自己想蕩多高就能蕩多高；人生就像是坐蹺蹺板，你所能達到的高度取決於對手，對手越強，你到得越高。

單位的蛋糕，本來就不是很大，被我三下五除二切去了大部分，剩下的"多乎哉不多矣"。小陳的利益受到了"損害"，他老是"上訪"，跟段總訴苦。

小陳是段總要來的人，讓他吃一點點虧可以，但肯定不會讓他長時間吃虧。漸漸地，段總偏向小陳，偏愛他組織的稿件，而我編輯的稿件卻打入了冷宮。小陳上的稿件越來越多，我上的稿件越來越少……而這一切，都是在段總貌似公平的機制之下進行的。

我原本長了顆紅樓的心，卻生在水滸的世界裡，想交些三國裡的桃園弟兄，卻總遇到西遊記裡的妖魔鬼怪。

我完全明白，這裡已不是我待的地方。繼續待下去，只是當他們的陪襯，只能自取其辱。每個月只能拿可憐兮兮的幾個銅板且不說，個人的顏面、尊嚴全部掃地。在這個單位，我再也抬不起頭來。

忍無可忍，我橫下一條心，豁了出去。老子不幹了，不陪你們玩了！

當我把辭職書交給段總時，段總哆嗦了一下，仿佛我的辭職書上有火，燙著了他的手。他強裝笑臉，假惺惺地挽留我，並說我的工作幹得不錯。知道我去意已決，縱使九匹馬也拉不回來時，他換了一副嘴臉，不鹹不淡地說："不管怎樣，這個刊物還是要辦下去的，這個單位還是會存在下去的……"

我心想："大路朝天，各走一邊。從今以後，咱們分道揚鑣。你們走你們的陽關道，我走我的獨木橋。"

離開了這個單位，我不會活不下去。即使要去討米，我也會選擇遠離單位的地方。我寧願有尊嚴地死去，也不願恥辱地活著。

好歹我也有個一技之長，能寫幾篇狗屁文章。儘管單位不拿我當盤菜，但我在業界已經小有名氣了，約稿信塞滿了幾籮筐。我靠寫稿，估計也能養活自己。單位裡的人是圈養，單位外的人是放養。我相信，放養的比圈養的更有生機、更有活力。再說，我也不打算成家，一人吃飽，全家不餓。

我把人生最美好的青春年華奉獻給了單位，我把個人的聰明才智奉獻給了我熱愛的刊物，可單位卻如此薄情，如此寡義，想來，心裡確實有幾分寒意，幾分酸楚。但是，我竭力調整自己的情緒，讓溫暖相伴，讓歡樂出場。

從此以後，我就進入了一個自由的新天地，進入晴朗的"解放區"，這難道不是高興的事情嗎？我應該慶賀自己的新生！

輕輕地我走了，正如我輕輕地來。我輕輕地揮手，不帶走單位的一絲雲彩。

79.趁單位還沒有解散，趕緊找地方，遠走高飛。（張社長）

趁單位還沒有解散，趕緊找地方，遠走高飛。

通過苦心經營，我在這個單位已經坐穩。去年年終考核，我被高票選為"優秀"等級就是明證。大多數人吶，都是趨炎附勢、見風使舵的。見你有權，心甘情願地服從你；見你沒權，想方設法地排擠你。我暫時不考慮挪地方了，誰知……

我怎麼也沒想到，當初選擇這個單位，是人生一著臭棋。我承認，我是一個投機主義者，當時圖的是單位的"錢途"。人無遠慮，必有近憂。只怪自己目光短淺，急功近利，缺乏政治遠見和智慧，所以才跌了跟鬥，走了彎路。

我已經得到確切消息，上頭將對機關刊物進行徹底而全面的治理與整頓。一些機關刊物作為事業單位，沒有很好地發揮它的功能，反而增添了地方幹部群眾的負擔，下面意見很大。不少機關刊物擺著一副老面孔，沒有什麼東西看，內容大多東拼西湊，對讀者失去了吸引力。刊物到了讀者手上，他們沒有翻閱的興趣，拿來擦屁股還嫌髒，直接拿去廢品收購站當廢紙賣了。這種單位養一班人，以發行刊物為名，行斂財之實，已為人們所訴病。一些機關刊物就像是依附在機關肌體上的瘤子，一開始是良性的，慢慢地就發展為惡性的，喝機關的血，損害機關的健康。所以，必須改革，必須整頓。對機關刊物的治理，有三種方法：一是停刊，直接頒發死亡證；二是改為內部資料，不能再公開徵訂；三是劃入傳媒集團，走市場化道路。我心裡清楚得很，這樣的刊物走市場的路子，完全走不通，死路一條。因此，它的命運，要麼取消，要麼成為內部資料。

我是一個單位的一把手，堂堂的國家正處級幹部，轉眼之間就將淪為"下崗工人"，面臨待業、轉崗……想到這裡，我的血壓驟然升高，臉變成了豬肝色，呼吸都變得困難起來。

趁現在機關刊物治理還沒有明確的"時間表"、"路線圖"，趕快行動，另找地方。等到單位被取消了，那身價就大跌了。不能等，不能靠。時間越往後，自己越被動。這年頭，還想著靠誰？誰能靠得住？在這個世界上，凡事只能靠自己，自我才是命運的主人。

有些同志心存幻想，認為報刊整頓雷聲大，雨點小，三天打魚，兩天曬網，最終難以推行下去，單位說不定還能繼續保留。我看，這回上面是動真格的，不達目的不會罷休，不像以前幾次報刊整治，越整治報刊越多，越整治老百姓負擔越重。讓他們繼續做他們的美夢去吧，我先抽身而退。他們留下還是離開，是生還是死，我也管不著了。我這個泥菩薩，自己過河要緊。

接下來選什麼單位？去什麼地方？往東還是往西，朝南還是朝北？如此重大關切的事情，怎能貿然決定？人生就像蒲公英，看似自由，卻身不由己。還是去請教一下"大師"吧！請他給我好好地占一卦！

80.一個單位說沒了就沒了，好比一個人說走就走了一樣。（老黃）

一個單位說沒了就沒了，好比一個人說走就走了一樣。

哈哈哈，我仰天長嘯，聲振長空。我以這樣一種方式抒發世事難料的感慨。如果我讓夜行者受到了驚嚇的話，在此表示誠摯的歉意。

儘管我已死去多年，但我對單位仍懷有深厚的感情。生是單位的人，死是單位的鬼。在陰間，大鬼小鬼見面的第一句話是"你是哪個單位的"，單位仍然是一份標籤。那些生前在好單位的，回答時昂首挺胸，聲如洪鐘，仿佛打了大勝仗回朝的將軍，臉上寫滿驕傲；那些生前在差單位的，回答時羞羞答答，好像黃花閨女一樣，聲音可以跟蚊子媲美，臉上似乎寫著"失敗"。現在，若有不相識的小鬼來問我："你是哪個單位的？"讓我如何回答？讓我情何以堪？從此以後，我就是沒單位的鬼了，就是孤魂野鬼了。

我問貞姐："我們單位消亡的事，你知道嗎？"

"知道啊。"她樂呵呵地回答，一副沒心沒肺的樣子。

"那你為什麼還這麼高興？"

"我詛咒單位早點關門，這一天終於來到了……"

我沒想到，在貞姐的心裡，一直延續著對單位的恨。

"所有生命、所有事物都只是一個過程，"貞姐開始給我做思想政治工作了，"一個人，一個單位，乃至一個王朝，一個時代，莫不如此！"

世上沒有永恆的東西，貞姐說得在理，我為何還耿耿於懷、念茲在茲呢？

輝煌時期期刊發行量每月高達百萬份的單位，像一座坍塌的大廈，只剩下一地殘垣碎瓦。樹倒猢猻散，單位裡的人各奔東西。最早走的是張社長，行動比兔子還快。他在某機構駐澳門辦事處謀得了一份差事，級別仍然是正處級。"大師"指點他找一個有水的地方，水象徵著財富，大凡當官之人心裡都暗藏著一個發財夢的，同時包含了風生水起的意頭。澳門靠海，"澳"字的偏旁也是"水"，所以他最終選定了那裡。白總享受提前退休的待遇，如願以償地以正處退休。不幹活，拿的錢也少不了多少，多爽！這等美事臉朝黃土背朝天的農民大概連想都不敢想。段總因禍得福，進入機關工作，任副調研員。雖然沒有職務，但他也心滿意足了。公務員成了"香餑餑"，多少人擠破腦殼想進入這一支隊伍。即便最後沒有混個職務，退休後享受公務員待遇那是板上釘釘的事。要知道，公務員的退休金，是企業退休人員的好幾倍，是名副其實的"超國民待遇"。真是同人不同命，同傘不同柄！方姐與倪姐均提前退休。她們在退休之後，再無交集，彼此彷彿成了陌生人。在她們各自的心裡，還是誰也瞧不起誰，誰也不服誰的氣。小秦因為他先生的運作，在機關宣傳部任主任科員，比原來還升了半級。按上面的政策，編制內的幹部職工，組織必須妥善解決他們的出路，安排好他們的工作，以確保穩定。而編制外的員工，組織則不管了，請他們自便，回家的回家，找工作的找工作。

我羨慕小王，羨慕他的勇氣與骨氣，敢於擺脫單位的束縛，在天地之間做一個自由人。我也曾問過自己：假如我脫離單位，我能否生存下去？活得好還是壞？現在，他已是一位知名的寫手，他的文章頻頻在各大報刊露面，稿費單像鴻雁一樣飛來，養活他本人是綽綽有餘的。他那方面的"癖好"也變本加厲，似乎染上了"性癮"。領到稿費之後，他就去跟小姐鬼混。稿費成了他的嫖資。他在鬼混中，靈感像噴泉一樣的奔湧，文章越寫越出色。髮廊、KTV房、夜總會成了他經常光顧的地方。要是運氣好，接到一張大單，他也會屁顛屁顛地跑去東莞，享受聞名世界的"莞式服務"。性病也殷勤光顧他，梅毒、淋病病毒、人類乳頭瘤病毒在他血管裡像老鼠一樣地繁殖，像鮮花一樣地盛開……

科技改變世界。在互聯網的猛烈衝擊下，傳統紙媒的發行量每況愈下，讀者也在不斷地流失。紙質媒體淪為"夕陽產業"。比爾‧蓋茨發出驚人之語："不消滅書本和紙張，我不瞑目。"隨著技術的發展，新的電子媒體如雨後春筍般興起。興許在將來，紙質刊物只能在博物館裡才能見到了。時代潮流浩浩蕩蕩，順之者昌，逆之者亡。

有一天，我突然心血來潮，想到要創辦一個網絡媒體，網媒的名稱就叫"陰間"。把這個想法跟貞姐商量，一拍即合。陰曹地府廣闊幽深，"網鬼"不計其數，根本不用愁點擊量。現在的經濟是注意力經濟，有了點擊量，廣告自然就來了。我來負責欄目策劃，她來負責運營管理。考慮到她生前的願望，同時考慮到她有職稱，我提議她擔任主編。她愉快地接受了這一職務，嘴角的笑靨就像一朵帶血的花。

在饑餓中寫作（後記）

　　生活中總是充滿嘈雜，難以覓得一張安靜的書桌。因為本書的寫作，我常常在週末與節假日的下午，躲進辦公室裡。晚餐，或胡亂吃點自備的剩飯，或用微波爐烤一個紅薯，或在街邊隨便點一碗面。為了充分利用時間，往往寫到深夜，而後趕乘地鐵末班車回家。寫著寫著，一位熟悉的客人來訪了，它就是饑餓感。我既有胃部痙攣的痛苦，又有了無腸胃負擔的輕鬆。饑餓感像一隻小松鼠一樣，時刻不停地齧咬著我，或輕或重……

　　我不由得想起我的父親。我的父親因罹患舌癌，進食出現困難。一開始，他還能勉強吃下一個生雞蛋，再後來，隨著腫瘤的增大，進一步阻塞進食的通道，連一滴水都喝不下去了。父親就是以饑餓的方式，一步一步抵達死亡的。儘管通過靜脈提供營養支援，他的生命還是很快被耗盡。臨走的時候，父親骨瘦如柴，肚皮凹陷下去，如一個幽深的盆地……父親合上眼皮之後，按照當地的習俗，我含著淚捧一把米，放進他嘴裡。但願他在九泉之下，不再挨餓。

　　父親去世後的每一年裡，我都會有意無意地選幾個日子，少吃或不吃東西，刻意保持一種饑餓感，忍受饑餓的折磨，在饑餓中思考，思考生命，思考死亡……那時候，我覺得父親與我同在。我以這樣一種方式，緬懷苦難的父親。

這是一個物質極其豐富的時代，食物的易得，幾乎使人忘記了饑餓。在物質世界裡，我飽食終日，渾渾噩噩，昏昏欲睡，往往迷失了自我。而在饑餓的狀態下，我清晰地意識到了自我的存在。

饑餓時，我儘量克制自己，並不急於找尋食物填充空癟的胃囊，而是讓思維活躍起來，讓精神充盈起來。饑餓似乎是旁門捷徑，引領我到達豐富的精神世界。

當饑餓感越來越強烈的時候，我更加深切地體會到了父親的痛苦。我知道，我只是忍受一時的饑餓，絕不會有生命的威脅，而父親卻被活活餓死，儘管他面前擺滿了各種食物。我往往把躺在病床上呻吟的父親，置換成我自己……

在死亡面前，活著的人只是倖存者。既然死亡是每個人必然的終點，在路上的倖存者就應該學會感謝——感謝萬物蒼生，感謝生活；應該懂得珍惜——珍惜時光，珍惜生命。

平常，一般人是忌諱說"死"字的，而在佛教中，"念死"是一種修行方式。它提醒我，時不我待，不要虛度光陰。我不敢蹉跎，拋開雜念，專注於眼前的事情。於是，掌下的鍵盤敲得更快了……

藉由寫作，確立生命的意義，消解生存的焦慮，無愧於生活，無愧於時光，這是我的"一廂情願"。

劉第紅

2016 年 10 月 12 日于廣州

🦅 獵海人

單位人

作　　者	劉第紅
出版策劃	獵海人
製作發行	獵海人
	114 台北市內湖區瑞光路76巷69號2樓
	電話：+886-2-2518-0207
	傳真：+886-2-2518-0778
	服務信箱：s.seahunter@gmail.com
展售門市	國家書店【松江門市】
	10485 台北市中山區松江路209號1樓
	電話：+886-2-2518-0207
	三民書局【復北門市】
	10476 台北市復興北路386號
	電話：+886-2-2500-6600
	三民書局【重南門市】
	10045 台北市重慶南路一段61號
	電話：+886-2-2361-7511
網路訂購	博客來網路書店：http://www.books.com.tw
	三民網路書店：http://www.m.sanmin.com.tw
	金石堂網路書店：http://www.kingstone.com.tw
	學思行網路書店：http://www.taaze.tw
法律顧問	毛國樑　律師

出版日期：2016年12月
定　　價：280元

國家圖書館出版品預行編目

單位人 / 劉第紅著. -- 臺北市 : 獵海人, 2016.12
　　面；　公分
　ISBN 978-986-93372-9-8(平裝)

857.63　　　　　　　　　　105020754